長崎に生きる

〝原爆乙女〟渡辺千恵子の歩み

渡辺千恵子 著

新日本出版社

本書は一九七三年七月刊行の新日本新書『長崎に生きる』の改題・新装版です。
再刊にあたり、口絵を加え、谷口稜曄氏、有馬理恵氏、安田和也氏に寄稿いただき、年譜を付しました。
本文には、現在では一般に使用されない言葉がふくまれていますが、当時のままとしました。

【口絵写真】

黒崎晴生／撮影
1ページ目、6ページ目上段・同下段、
7ページ目上段、同下段右・左、8ページ目

原水爆禁止日本協議会資料
3ページ目下段右

赤旗写真部／提供
4ページ目下段右、6ページ目中段

森下一徹／撮影
5ページ目

その他、とくに表記のない写真は渡辺千恵子のアルバムより

「核兵器を廃絶し、長崎を人類最後の被爆地に」との願いにこたえ、「平和の象徴」であるオリンピアの聖火がギリシャから長崎市に贈られた。“聖火の使者”である、元レジスタンスの闘士で国際的舞台女優のアスパシア・パパタナシュさんと＝1983年8月

鶴鳴女学校の勤労奉仕のころ

3歳のころ

父・健次の初盆、精霊船の前で（2列目中央、12歳のころ）＝1941年8月15日

被爆後、寝たきりとなった10年の数少ない写真（母、姉、弟と）

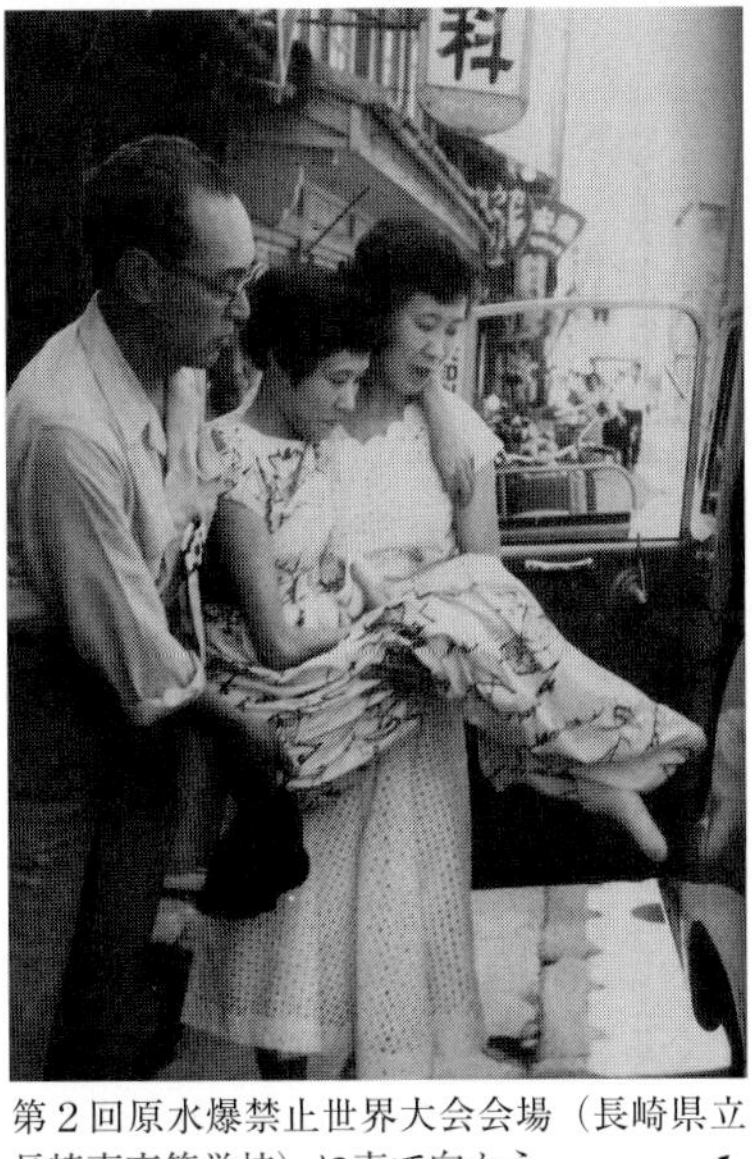

第2回原水爆禁止世界大会会場（長崎県立長崎東高等学校）に車で向かう ↗

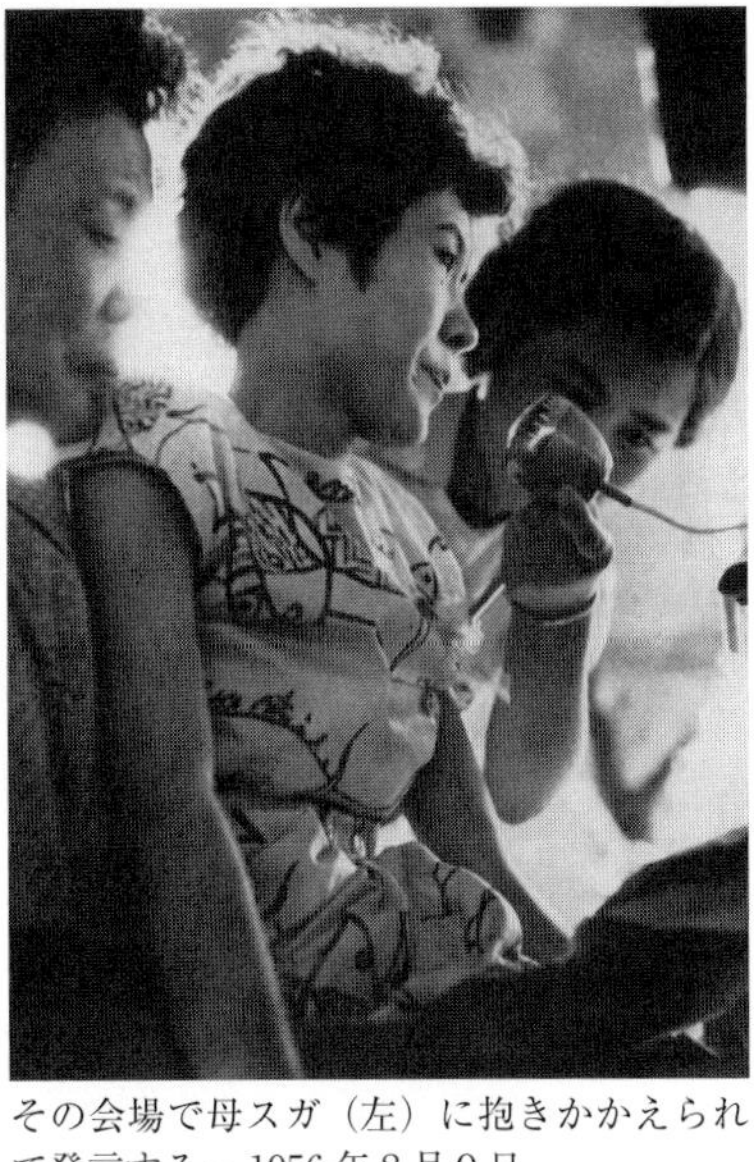

その会場で母スガ（左）に抱きかかえられて発言する＝1956年8月9日

映画「生きていてよかった」のロケのとき、長崎原爆乙女の会の仲間と＝1956年春ごろ

第10回原水爆禁止世界大会（京都）での発言＝1964年8月

第4回原水爆禁止世界大会（東京）に参加して＝1958年8月

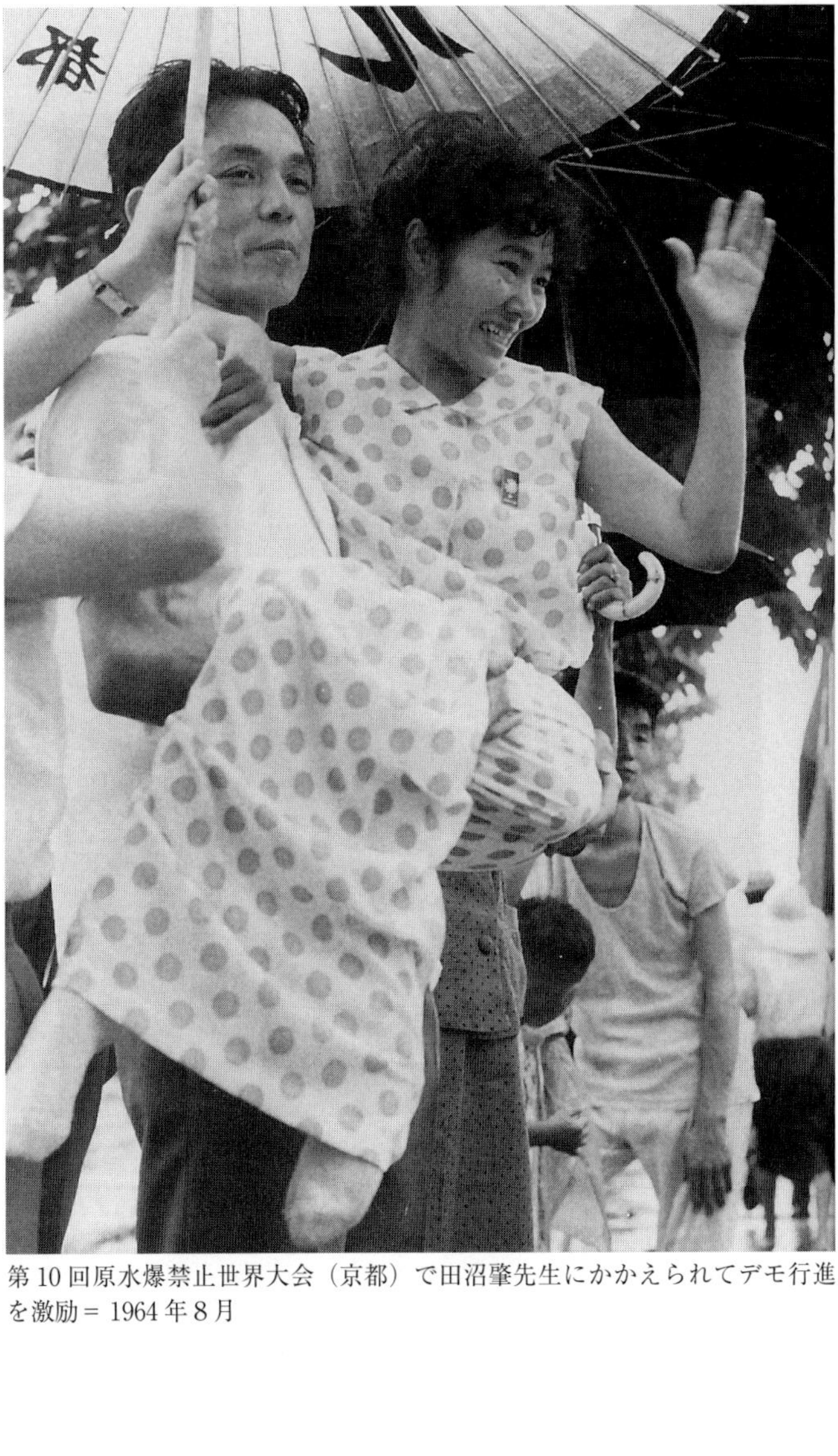

第 10 回原水爆禁止世界大会（京都）で田沼肇先生にかかえられてデモ行進を激励＝ 1964 年 8 月

「長崎原爆青年乙女の会」結成 25 周年の集い（前列で車いすに座って）＝ 1981 年

被爆者援護法の即時制定を求めて、日本被団協など全国各地、各団体の代表がおこなった国会へのデモ行進の先頭にたつ＝ 1980 年 10 月 8 日

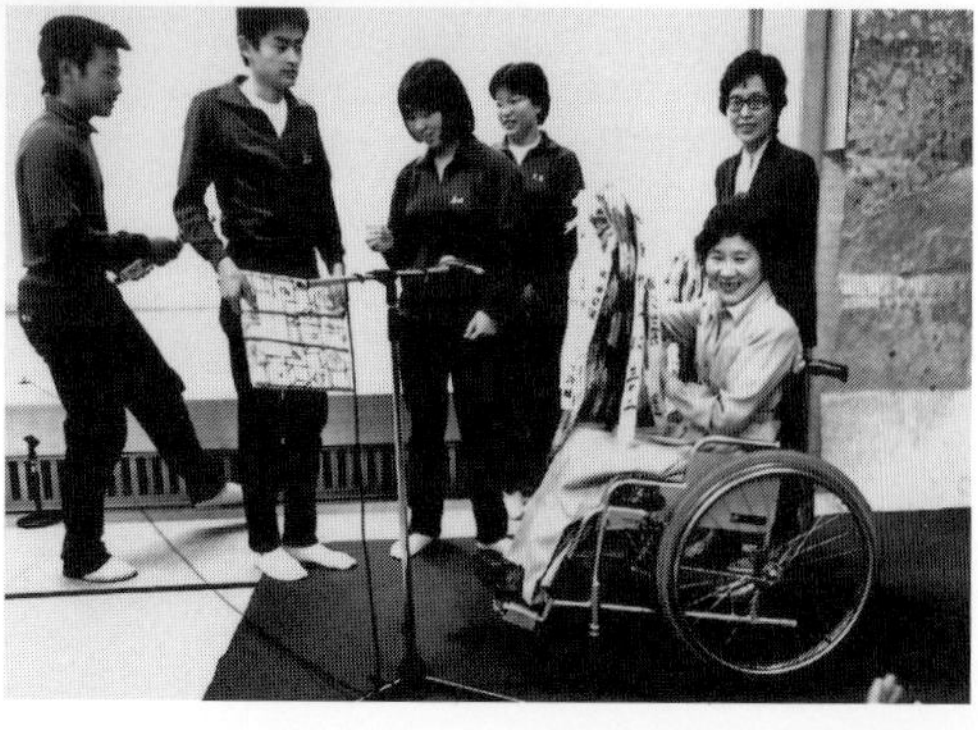

語り部活動のあと、修学旅行生たちからお礼の千羽鶴が贈られた（1982 年 4 月 27 日）

原水爆禁止世界大会での訴えを終え、他の参加者の発言をきく＝ 1990 年 8 月 9 日

毎年開かれる原水爆禁止世界大会で核兵器廃絶を訴え続けた。写真は生涯最後の訴え＝ 1991 年 8 月 9 日

1978 年、車いすで自由に動ける新しい家が完成した。その長与町の自宅で＝ 1980 年 7 月 20 日

盆に新仏を西方浄土に送る長崎の精霊流しで千恵子さんの霊も送られた＝1993年8月15日

被爆者を、忘れないで

谷口稜《すみ》曄《てる》
日本原水爆被害者団体協議会代表委員
長崎原爆被災者協議会会長

一九四五年八月九日、たった一発の原爆が、一瞬にして罪もない何万もの人々の命を奪いました。郵便配達中だった私は、背後から熱線を浴び、気がつくと左手の皮膚が指先からボロきれのように垂れ下がり、背中のシャツはほとんどなくなっていました。以来死ぬまで消えることのない痛みと苦しみを、身体と心に刻まれたのです。

千恵子さんは私と同じ一六歳で被爆し、下半身不随となりました。「長崎原爆青年乙女の会」結成当初からの仲間で、いつも、足が不自由な彼女の家にみんなが集まりました。その後の原水爆禁止運動の中では、ともに海外へでかけ、私が千恵子さんの車いすを押したこともあります。被爆者の真の姿と訴えを、世界の人たちに理解してもらうことに大きく貢献し、九三年に亡くなる最後まで、明るく前向きに生きた人でした。千恵子さんがよく口にした、「私は運動のなかで人間としてよみがえった」という言葉は、私の思いでもあります。

あの日から七〇年が経ち、被爆者の平均年齢は七八歳を超えました。世界で唯一の被爆国・日本は、二度と戦争をしないことを世界に誓い、守り続けてきたはずです。しかし今、この国がまた戦争への道を突き進んでいるように思えてなりません。なぜ「集団的自衛権」なのか、なぜ憲法「改正」なのか――。強引ともいえる動きに、憤りを感じます。

被爆者には、みずから語れる時間はもうわずかしかありません。私も、今日で八六歳。核兵器廃絶も、国家補償の被爆者援護の実現も、まだ道半ばといった状況ですが、命の続く限り闘い続けます。

本書を読まれる方々には、千恵子さんの生きざまとともに、被爆し、生き残った私たちが、なぜ死ぬまでこの運動を続けるのかをわかってもらいたい。そしてどうか、原爆の恐ろしさ、戦争の愚かさをわかっていただき、被爆者の体験を語り継いでいただきたいと思います。

二〇一五年一月二六日

この本を手にされたあなたへ

有馬理恵
女優（劇団俳優座）
日本平和委員会代表理事

二〇一一年三月一一日、東日本大震災の影響により、東京電力福島第一原発の事故がおきた。生まれてはじめて感じた放射能の恐怖。核兵器や原発がこの世に存在し続ける限り、私たちは人類滅亡の危機に身をおいているのだと痛感した。

事故後すぐ、放射能から子どもたちを守るため、母親仲間と一緒に健康調査のとりくみをはじめた。東京でも、不安を訴える子どもや親たちの声が、次々と寄せられた。

この事故を知ったなら、千恵子さんはどんなに嘆かれたことでしょう。

千恵子さんたちが、人生をかけて残してくれた「原水爆禁止」の闘い。それが今、思わぬかたちで私たちにつながっている――。

あなたの体や心、その命も、地球の大切な宝物。
その宝物を、一瞬にして奪い去る原子爆弾。
生き残った命をジワジワ蝕み、次世代の人生をも不安にさらす放射能。
この地球には今もなお、数えきれないほどの核兵器が存在する。
千恵子さんの魂の叫びを、背骨で受けとめてほしい。
千恵子さんたち被爆者が懸命に育んだ、原水爆禁止運動のあゆみを知ってほしい。
そして地球上から核兵器がなくなるその日まで、
被爆者とともに、原発事故の被災者と一緒に、
人類の存続をかけた闘いが、これからも続く——。

その道を、この本を手にしたあなたとともに、歩みたい。

長崎に生きる――〝原爆乙女〟渡辺千恵子の歩み●目次

5　原水爆禁止運動とわたし（その一）　113

6　原水爆禁止運動とわたし（その二）　155

1　被爆後のわたし

一九四五年八月九日――長崎

わたしは、十六歳の女学生だった。その日の長崎は、朝から雲ひとつないよい天気だったことをおぼえている。数日前から暑さがつづき、「学徒報国隊」として三菱電機製作所に動員されていたわたしは、家をでるころから今日も一日むし暑いなかで仕事をしなければならないので、気分がすぐれなかった。しかし定刻の八時までにまにあうようにと、あわただしく朝食をすませ、油屋町の自宅から大波止の船着場へ急いだ。三菱電機製作所は、大波止の対岸の平戸小屋町にあった。原爆爆心地から二・五キロほど離れたところである。工場ではモンペ姿で、腕には「学徒報国隊」の腕章をつけ、「米英撃滅」、「撃ちてしやまん」の軍国主義教育を受けながら、探照灯の生産にたずさわっていた。

日本の降伏を目前にした時期ではありながら、わたしの所属していた巻線工場では、コイルづくりに追われ、まっ白い綿テープをせっせと巻いていた。九日の午前も、みんないいつもと変わらない調子で、その日の暑いことなどを話題にしながら仕事をしていた。

ちょうど十一時ごろ、わたしはなにかの用事ができて、同級生の山下アヤ子さんと二人で、手のひらの小さなマメの固さを自慢しあいながら工場の通路を通りぬけ、本館の窓ごしにA技師の部屋をひょいとのぞいたその瞬間。

青白いセン光――腹の底に響く大音響とともに、わたしはガーンとたたきのめされ、気を失ってしまった。

「兄さん!」

どのくらいの時間がたっただろうか。もうろうとした意識のなかで長兄(毅、三菱製鋼所で原爆によって爆死)を呼んでいた。フーッと正気にかえると、あたりは巨大な鉄骨がアメのように曲がりくねり、静まりかえった廃墟にただひとりポツンと、とり残されているのだった。

立ちあがろうとして、その瞬間、ハッとした。重い鉄骨の梁の下敷になって、身体がエビのように曲がり、頭と足がピッタリくっついて、ぬけだそうにもぬけだせないのだ。

「助けて!」「助けて!」

つぶされた梁の下から、のどがハリ裂けんばかりに叫びつづけた。すると、すぐそばからも悲鳴が起こった。頭をやっと横へむけると、山下さんがうつぶせに倒れていた。

「助けて！」「助けて！」

二人はいつまでも泣き叫びつづけた。もうこれ以上がまんできない。――そう思ったとき、わたしたちの声を聞きつけて、若い女の人がやってきてくれた。彼女は、すぐさま梁の隙間に四つんばいになり、「ウン、ウン」と全身の力をこめた。梁がやっと浮き上がり、どうにかわたしたちは助けだされたのである。

わたしは、その女の人に抱きかかえられて立とうとしたが、いっときしか立ちとどまることができなかった。すでに腰から下の感覚はなくなっていた。

「渡辺さん、あんたなにしてるんヨ。はやく、はやく」

と、山下さんは叫んだ。

けれど、わたしは一歩も歩けず、フラフラして安定感がなく、なんだか雲の上に乗っているような気分だった。

「歩けんとヨ、どうしても、どうしても……」

と泣きじゃくるわたしを、助けてくれた女の人と山下さんが抱きかかえ、やっとの思いで工場の裏山の防空壕にたどりついた。

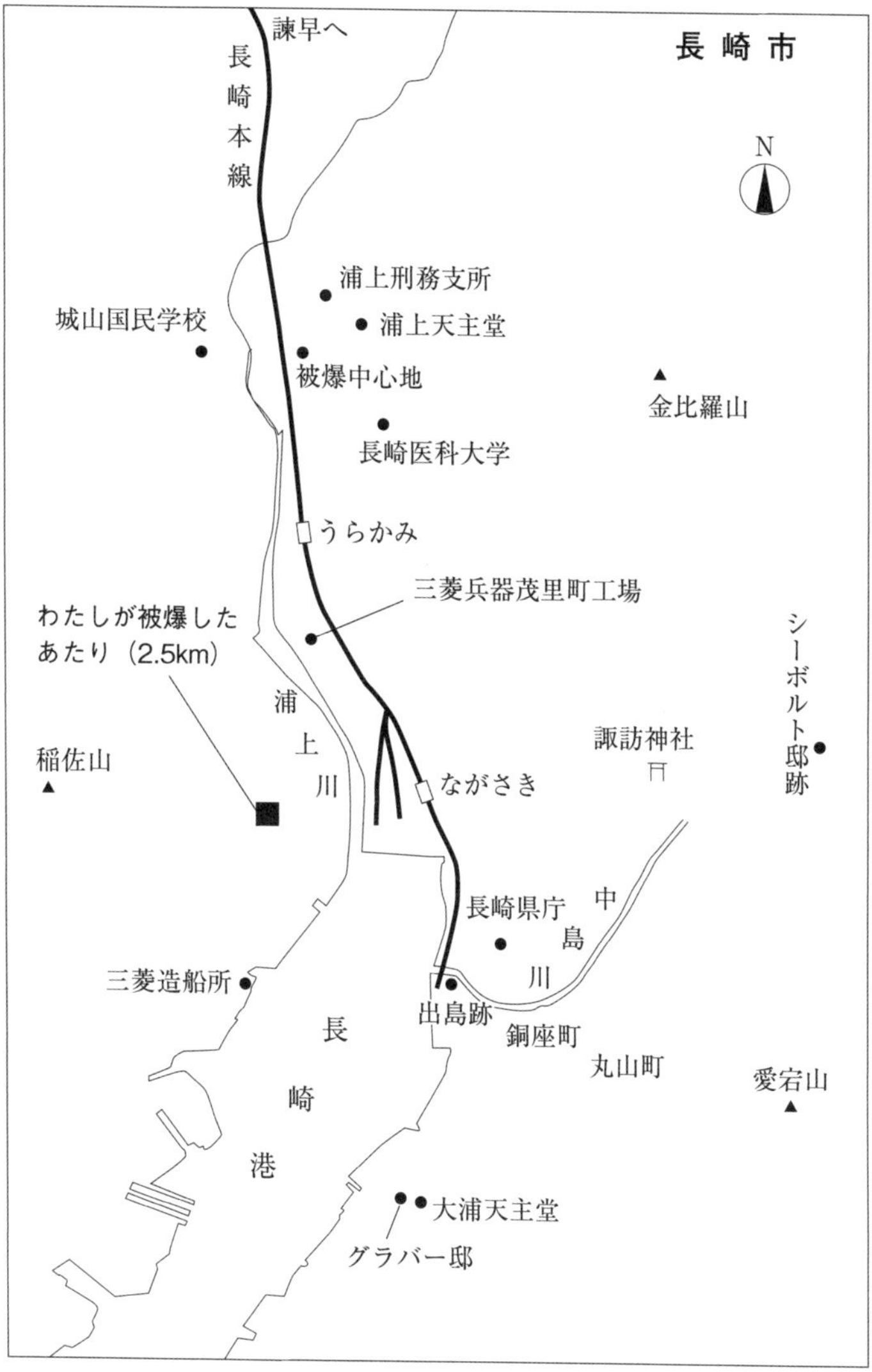
長崎市
N
諫早へ
長崎本線
浦上刑務支所
浦上天主堂
城山国民学校
被爆中心地
金比羅山
長崎医科大学
うらかみ
三菱兵器茂里町工場
わたしが被爆した
あたり（2.5km）
シーボルト邸跡
浦上川
稲佐山
諏訪神社
ながさき
長崎県庁
中島川
三菱造船所
出島跡
長崎港
銅座町
丸山町
愛宕山
大浦天主堂
グラバー邸

悪臭でムンムンする防空壕は、傷ついた人たちでひしめき、血だらけの人がムシロの上にゴロゴロしていた。

「水を！　水を！」

あちらからも、こちらからも苦しい叫び声。全身が焼けただれた人。ガラスやスレートの破片が無数につき刺さったままの人。

そのころ、市内のいたるところで、この世の終わりかと思われる惨状が現出していたのだ。防空壕は死体で埋まり、おびただしい負傷者が、なんら手当ても受けられないまま、路上でつぎつぎに息を引きとっていった。

八月九日午前十一時二分にアメリカが投下した一発のプルトニューム爆弾は、鎖国時代からの貿易港として三百八十年の歴史を誇り、キリスト教がさかんだったこの街、わたしがそこで生まれ育った長崎を、瞬時にして地獄図の修羅場と化してしまった。

激しい爆風によって、爆心地から約二・五キロ以内の家屋のほとんどが倒壊してしまった。街のいたるところから炎がふきだし、市内の三分の一が、たちまち火の海と化して、三日三晩、延えんと燃えつづけた。倒れた家の下敷になったまま、助け出す人もなく、焼け死んでいった多くの人びと。このことを思うと、三十年ちかくたったいまでも、昨日のできごとのように戦慄させられる。

母の一念

わたしは、原爆によって脊椎を骨折した。手足の骨とちがって、特別の治療法とてなく、ただ板の上に薄いフトンをしいて寝ているほか、どうにもしようがない。被爆後、十日たち二十日たつと、骨折したところが腐りだし、母はどう処置してよいやらわからなく、ただうろたえるばかりで、つらかったという。当時、わたしが入院できるような病院は、ひとつもないありさまだったが、母が毎日のように走りまわったかいあって、八月下旬に、やっとある知人の紹介で鍬先外科病院に入院することができた。

入院前後は、体温が三十八度を上下して、食べものはのどをとおらず、日増しに衰弱してゆくのが自分にもわかった。骨折した脊椎がさらに悪化し、それに原因不明の猛烈な下痢、吐き気とで、骨と皮だけの身体になり、ついに静脈注射もうてなくなった。

「お気の毒ですが……、おそらくもうだめでしょう」という医者の言葉を、寝食を忘れて看病にあたった母をはじめ姉たちはどう思っただろうか。そのことを想像するだけでも、わたしの胸はしめつけられる思いがする。いまだに、母にそのときの気持ちを問いただす勇気はない。

「千恵子だけは死なせたくない」という母の一念が、現代の医学を越えた力となった。死の迫ったわたしに、好きなものをたくさん食べさせよう、十分につくして天命を待つということを母は思ったにちがいない。医者の宣告があった日から、母はそれこそ死にもの狂いで栄養物を集めにかけずりまわった。

ひどい食糧難の時代だった。最近になっても、母は当時のことを思い出し、その苦労を笑いながら話す。そして最後には必ず、「千恵子は栄養がよかったから生きてこれたのだよ」という言葉で結ぶ。わたしもそう思う。

一時は、医者からも見放されるありさまだったが、母の深い愛情のこもった看護のおかげで、手のひらがそっくりはいるほどの大きな床ずれもどうにかなおり、一九四五年の年末には、半身不随のままではあるが、なんとか退院することができた。

被爆直後、〝百年は草木も生えない〟と信じられていた長崎の原子野にも、年月がたつにつれ街路樹が青々と美しくたちならぶようになり、爆心であった浦上のあたりも、住宅、商店、観光ホテルなどで埋めつくされてきた。

しかし、あの悲劇は、いまでも被爆者とその家庭のなかに生きている。片淵町に原爆病院がひらかれたのは一九六〇年五月。これで被爆者の健康管理も一歩すすめられたのは事実だが、まだまだきわめて不十分であり、原爆症は被爆後三十年ちかくたった今日も、なお猛威をふるっている。ぶらぶら病、白血病、癌、内臓の疾患、先天性障害児の出産、そして子や孫への遺伝の不安など、被爆者の苦しみは絶えない。

閉ざされた生活との苦闘

被爆してからの十年間は、わたしにとっても、まったく光明のない、閉ざされた生活であった。

たびかさなる病魔とたたかい、あるときは、生きる望みを捨てようとしたことさえあった。ささいなことにも腹をたてたり、幼い子どものようにすねて食事をとらなかったり、看病の母を困惑させた。自分一人が不幸な人間であるかのようにふるまっていたのである。母は、そんなときでも、苦言をもらすとか、怒るということをせず、わたしの気のすむままに、せいいっぱい努力してくれた。

今日ふりかえってみると、被爆してから数年間の肉体的、精神的な苦悶は、いろいろな意味でわたしをきたえてくれたようにも思う。わたしの若い生命力が、その苦悶からぬけだすことをうながしたのだろうか。死んでしまいたいと考えた反面、それにもましてつよく生きなければならないという気持ちがわきおこり、まったく動かすことのできなかった身体を、少しずつ動かす訓練も、自分で日課とするようになった。そうすることによって、いままでになかった生活のリズムがつくられていった。寝たきりながら、なんとか身体を動かすことによって、ささやかではあるが、生きる希望も生まれてきた。

自宅の一室に寝たまま、格子戸をとおして景色をながめ、そのつまらなさになげいていたのが、いつしか、ゆきかう人びとと、格子ごしの景色との調和を楽しむ余裕さえもつようになってきた。わずかにさしこむ太陽の光にも、身をのりだすようになった。そして、むしょうに美しい草花、自然にあこがれるようになっていた。

ちょうどそのころ、ふとしたことで編物に興味をもつようになった。母が買ってきてくれた編物機械を、バランスのとれない身体をささえながら、入門書をたよりに動かし、少し編んではまた本を読むといった調子で、編み方をおぼえていった。一巻きの毛糸から一枚のセーターができあがる、その楽しさが、絶望からわたしを遠のけてくれた。

当時、社会とのつながりは、母や家族との会話、ラジオ、それに新聞、雑誌にかぎられていた。とくに新聞は、どれがだいじな記事か、事件か、などまったくおかまいなしながら、わりあいていねいに読んだ。

被爆後十年間にいろいろの事件が起こった。印象にのこったものを列挙していくと、まず一九五〇年のレッド・パージ、すぐさま警察予備隊設置。レッド・パージにはなんの疑問もいだかないわたしだったが、警察予備隊の設置については、またふたたび「戦争への道」をすすむのではないかしら、と危惧した。もちろん、直感でそう思っただけだった。その前年の「下山事件」、「三鷹事件」、「松川事件」、そして三年後の「白鳥事件」、「青梅事件」などもつよく印象にのこっている。これらの事件は、共産党員のしわざであるというふうに、当時の新聞は大々的に書きたてていた。「共産党はやっぱりおそろしい人たちの集まりだね」と母と話していたことを思い出す。

こうして、たしかにまだだまされてはいたが、当時、被爆者にはそれこそなんの補償もなかった。わたしたちのように「学徒」の場合は、学業すら放棄させられ、「国」のために働かされ、そのあげく不具にされてしまったのだ。わたしが代償として受けとったのは、三菱電機からの見舞金三千八百円と、市役所から支給された三百円きりであった。だから、

「政府はなにもしてくれない」という不満や原爆の恐ろしい体験から、わたしの場合、徐々にではあるが、社会の動き、政治のあり方に関心がむいていったのは当然のことかもしれない。

ある日のこと、新聞で「保安隊が富士山麓ではじめて演習を行なう」という記事を読んだ。新聞の下のすみに、一段の見出しで小さくのっていたと記憶しているが、そのときは、非常なショックで身体がわなわなふるえるのをおさえることができなかった。この日、一日中そのことが自分の頭をはなれなかった。夜になっても、興奮で寝つかれず、朝の訪れが感じられるまで考えつづけていた。とはいっても、これといったたしかな政治的判断をもっていたわけではないが、ただ怖ろしかったのである。あまりのおどろきで、そのことを母や家族のものに話すのもためらわれ、じっと自分の胸にしまいこんでしまった。

編物が、自己流ではあるにしても、なんとか形のついたものを編めるように上達してからは、毎日を規則正しく生活できるようになった。

なにを思ったか、そのころから、新聞の記事のうち自分の関心をひいたものだけスクラップするようになった。廃物利用のワラ半紙を台紙にして、一枚一枚をノリではっている。はじめのうちは一年に二、三枚ぐらいのものだった。その最初のスクラップの記事は、一九五三年八月四日付「朝日新聞」のものである。「〝原爆投下〟から満八年」と原爆の雲をあしらった地紋に、文字は黒でしるされている。さしえは映画「ヒロシマ」に主演した山田五十鈴を福井芳郎画伯が描いたものだ。短い囲み記事だが、わたしにとっては記念碑的なものなので、ここに全文を紹介させていただく。

「めぐり来る八年目、広島は八月六日、長崎九日——原爆の問題はいままであまりにも多く語られて来た。東から、西から、世界のあらゆる人々がこの地を訪れ様々の感懐を語っている。文学に、映画・絵画にも表現され〝原爆文学〟という言葉も生まれた。両市の焼土に立ってそれぞれの角度でものを見、考え、ある人は〝原爆を売物にしている〟と批判し、他の人は〝なぜもっと訴えないか〟となじり世界の関心を集めつつこの二つの運命の都市は今八度目の記念日を迎えようとしている。あらゆる声をよそに広島・長崎両市民は黙々と復興の道を歩み、街は建設の息吹きにあの日の惨状を忘れようと努力している。しかしまだ問題が解決したのではない。広島市は平和都市の建設財源を外債に頼ろうとし、全世界に発表された平和宣言にも時流の波の起伏は微妙である。欧亜数ヵ国には〝広島デー〟さえ設けられ平和希求の声を高めているが、精神養子・原爆孤児・障害者の治療対策など原爆の問題はようやくこれから本筋に入ろうとしている。

われわれは今こそ真剣に考え直すべき時ではなかろうか――」

これを最初に、ポツリポツリと新聞、雑誌のスクラップをはじめている。当然のことながら、原爆関係、被爆者問題の記事が多い。

一つのきっかけ

まったくの偶然ではあるが、わたしのスクラップ帳の第一ページにはられている原爆記事からちょうど一年たった同じ日付、つまり一九五四年八月四日付の「毎日新聞」（長崎版）に、思いもかけずわたし自身の生活が紹介されることになった。考えてみれば、新聞の日付のめぐりあわせは偶然でも、被爆後満九年目をむかえたこの時期に、わたしの生活が記事になったという事実は、けっして偶然ではないのだろう。あの年の三月一日、ビキニ環礁でおこなわれたアメリカの水爆実験で第五福竜丸が被災し、それをさかいにして、原水爆禁止運動が歴史的なもりあがりをしめしはじめていたのである。被爆から八年目の八月と、九年目の八月とには、それをむかえる国民のあいだに大きな変化が生じていた。

被爆者問題にたいする関心も、あらたなひろがりをみせはじめていたのである。

このような状況を背景にして新聞に紹介される被爆者は、なにもわたしでなくてもよかったのだ。紹介されたのは、たしかに具体的にはわたしの生活であったが、けっしてわたしだけのものではない。すべての被爆者のうちのひとりとして、たまたまわたしの場合がとりあげられたにすぎないのである。しかし同時に、わたし個人としては、この紹介記事が直接の糸口になって、第三の人生がひらかれていくことになった。個人的にはまったく偶然だが、社会との関係でみれば、寝たきりのわたしも、生きているかぎり社会の一員であることを、厳粛な気持ちで受けとめなければならないと思う。そのような意味で、記事の内容を、ここに書きとどめておきたい。

「毎日新聞」の記事には、「私は青春をあきらめている──寝たままの原爆乙女」と横一段の見出しと、「〝犠牲はもうたくさん〟腰を砕かれ『第二の人生』のろう」のサブ見出しが付されており、病床のわたしと看護する母の写真を、かなり大きいスペースでのせている。そして、「原爆九周年を前に長崎市では原爆障害者の実態調査を急いでいるが、その調査から腰の骨を砕かれ、寝たままの第二の人生を送っている乙女を見出した。これはあまりにもいたましい〝原爆乙女〟の姿である。」という書き出しで、その取材のきっかけを語り、わたしの被爆の状況と、その後の生活の状態をまとめている。つづいて取材記者は、ビキニ被災事件についてどう考えているかを質問し、わたしの考えを紹介している。

「私はこれからの青春と一生をあきらめている。しかしビキニ被災事件で恐ろしい殺人兵器の出現を知ったとき怒りで胸がつぶれそうだった。なぜ人間同士が殺し合わねばならぬのでしょう…。わたしたち犠牲者だけでたくさんです」

また、この記事は、実態調査にあたった市役所社会課職員が、「寝たままの、第二の人生を押しつけられた千恵子さんは一体、何をしたというのだろう。ささやかな、戦争への協力を強いられた報酬は、あまりにも過酷すぎる」と述べたことを報じている。

「毎日新聞」をみたといって、居原貴久江という人が見舞いにこられた。居原先生は、被爆者であり、長崎市の稲佐小学校教員で市教職員組合の婦人部長、そして「平和を守る会」の会員だとあいさつされた。

はじめての見知らぬ客に、わたしはひどく困惑した。九年のあいだ、会話といえば家族以外にだれも相手がなかったのだから、当然だったといってよいだろう。失礼とは思ったが、初対面はあまりなじめなかった。しかし、その後も、居原先生はなんどかわたしを訪問して、なぐさめたり、励ましたりしてくださったのである。

一九五五年、居原先生は、広島の日詰しのぶさんらと一緒に、長崎の被爆者としてイギリス社会主義医師協会会長ホレス・ジュール博士の招待を受け、婦人平和使節団の一員として渡英した。彼女は、その渡英中に、つぎのような手記を長崎の新聞に寄稿している。

「……原爆落下十周年の今日、世界の人々が原水爆に深い関心をもち始めてきた。そしてその実情を知りたがっていることを思うとき、私たちは人類の命を守るために求めに応じてあらゆる機会をとらえ、適切な方法で十年前の恐しい浦上の惨状をありのまま世界に伝え、二十世紀の人類の英知に委ねて、最も愚劣な恥ずべき大量殺人の野蛮行為を何れの国にも再び犯させないよう、いまこそ長崎の私たちは立上らなければと思う。」

〔「朝日新聞」〔長崎版〕一九五五年八月四日付〕

わたしはこの居原先生の手記に、深く心を動かされた。

新しい生活へ

同じ年の六月五日、第一回長崎県母親大会が、鶴見和子さんをむかえてひらかれた。当時のわたしは、まだそのようなことをなにも知らなかったが、大会で原爆障害者の補償問題がとりあげられ、そこで居原先生によってわたしの生活が報告されたという。そして、大会終了後、鶴見さん、居原先生と十人ぐらいのお母さんたちの訪問を受けたのである。そのなかには、森正雄さん（現、長崎県原水協事務局長）の奥さんもおられた。

鶴見さんは、おだやかだが、しかしはっきりとした口調で、こうおっしゃった。「千恵子さん、だまっていないで下さいね。あなたの不幸はあなたひとりのものではないのですから。千恵子さんと千恵子さんのお母さんのようなすべての方たちの不幸を、もっとお互いにしらせあいましょう。わたしたち日本人ひとりひとりの共通の不幸として、わたしたちひとりひとりの背骨でうけとめたいのです。」

わたしは、みなさんが自分の寝ている六畳の部屋いっぱいにはいってこられたとき、びっくりして身体をかたくしたが、母親大会の会場に飾られていたという花をお見舞いにいただいたりして、御好意が身にしみ、だんだん心をもちなおすことができたように思う。そして、お話をしているうちに、明るい太陽がいっぺんに部屋中へさしこんできたように さえ感じた。

あとで鶴見さんは、こういうふうに書いてくださった。

「ゲタ屋さん〔当時、母が油屋町で、私の看病のかたわら下駄の小売商を営んでいた――著者〕の奥の一間に床をしいて、上半身を起していられるあなたは、〝寝ている〟といっていいのか、〝すわっている〟といっていいのか、わかりませんでした。……あたしは、あなたの細くて冷い手をとりながら思いました。たまたま、あたしは、あなたとあなたのお母さまにお目にかかることができた。でも、この長崎の家々の奥の、ひっそりしたところにあなたのような人、いや、も

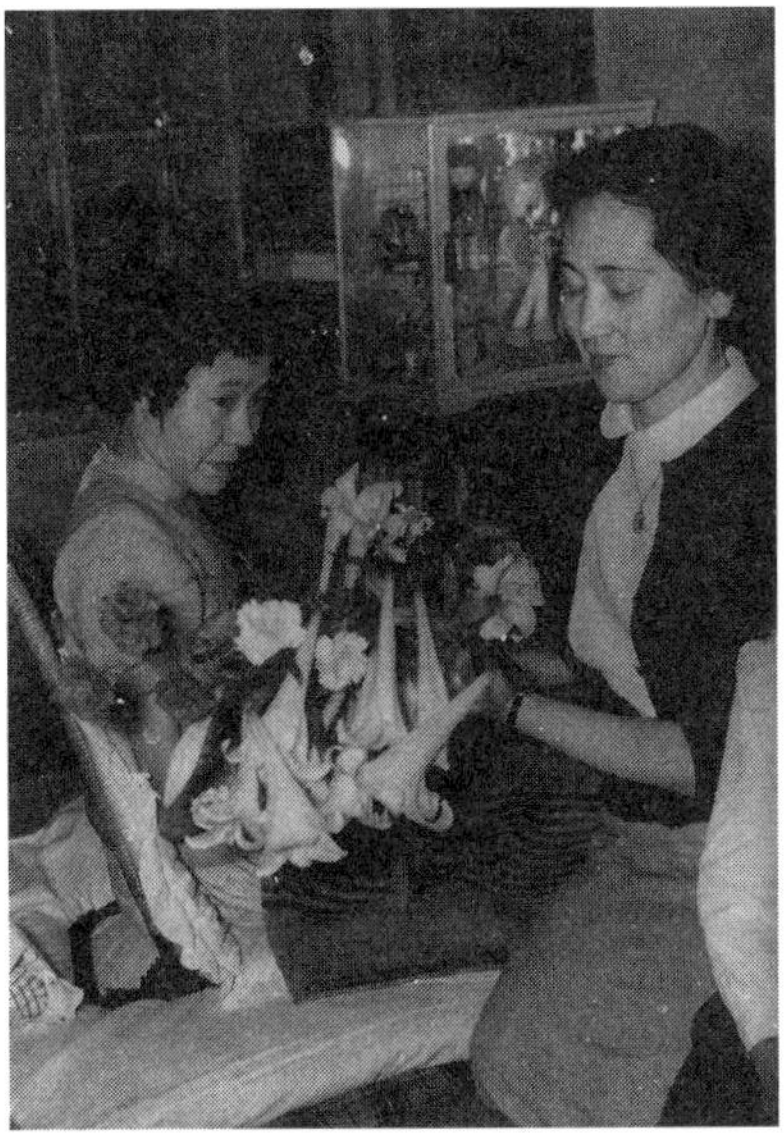

長崎県母親大会の日に鶴見和子先生と（1955年6月5日）

っと世話してくれる家族もなく、貧しく、黙って生きつづけている人たちがまだ何人もあるのだろう、と。……七月には、世界じゅうのお母さんたちが集まって、原子戦争の危険から世界じゅうの人たちを守るために、どうしたらいいか、話しあおうとしています。原子兵器の最初の被害者である千恵子さんたち、そして長崎・広島のお母さんや子どもたちこそ、世界のお母さんたちに訴える、もっとも重く、力強い発言権をもっています。千恵子さん、あなたの冷い手が、あなたのお母さんと長崎の、日本の、そして世界じゅうのお母さんの、手を結びあわせたあたたかさによって、あたためられるように。そして、あなたのような方を、もういちど、つくらないように、よびかけてください。」

（「毎日新聞」一九五五年六月九日付）

この鶴見さんの文章が、肉体的にはまったく歩けないわたしを、さらにひろい世の中へ連れだすことになった。わたしと同じ境遇の〝原爆乙女〟四人の訪問を受けたのである。そして、彼女たちとの出合いが、「長崎原爆乙女の会」の結成へと結びついていく。「乙女の会」の最初の仕事は、鶴見さんも書いておられる世界母親大会へのアピールと、同じ年の夏、広島でひらかれた第一回原水爆禁止世界大会への代表派遣であった。これらの活動については、あとで述べることにしよう。

やはり、なんといっても第一回原水爆禁止世界大会のための活動への参加は、わたしの第三の人生の方向を、決定的なものにした。この年のクリスマスに、誕生したばかりの原水爆禁止長崎県協議会から〝愛のベッド〟をいただいたことは、新しい生活にふみこんだなかでの、心のこもった最初のプレゼントとして、忘れられない。母も、寝たきりのわたしのために、ぐあいのよいベッドを探してくれたが、一万二千円というデパートの正札をみてあきらめていたので、よけいに、たいへんうれしかった。

そのころのわたしの生活は、原水爆禁止運動が、身のまわりから、いっぺんに湧きおこったようにすら感じられるような、忙しい、それでいてとても楽しい日々になっていた。「乙女の会」の会員も日増しに増えつづけ、活気をおびてきた。「原爆だより」というささやかな機関紙もだすまでになった。

被爆後はじめてみる長崎の街

一九五六年三月九日、わたしは、被爆後十一年目にして、はじめて長崎市内を自分の目でみる機会を得た。第一回原水爆禁止世界大会の決議にそって、被爆者の生活をつづる記録映画「生きていてよかった」の仕事が、とりもってくれたのだった。その日、わたしの家を訪問した監督の亀井文夫さんが、「長崎の街も変わったでしょうね」という、わたしのなにげなくいった言葉を受けて「それでは、わたしたちがご案内しましょう」といって、自動車で連れだしてくださった。

「きのう九日、暖かい春の陽に芽生える原子野の道をゆっくり走る乗用車とカメラを積んだ車があった。原爆のため一瞬にして下半身を不具にし、十年間暗い窓辺のベッドに悲しい運命を送って来た長崎市油屋町渡辺千恵子さん（二七）とお母さんのスガさん（五七）の涙に眼をうるませた二つの顔が窓からのぞいた。〝この十年間、一度でいいから、この目でみたかった長崎の姿〟二十代の青春をもぎとられた悲劇の乙女の願いが遂にかなえられたのである」といった書きだしで、当人からいわせてもらえば、いささか恥しいオーバーな表現で、「民友新聞」は報じている。

その車は、長崎市議会議長のものであった。コースは大浦天主堂から大浦海岸、そして十年前の思い出の地――三菱電機製作所と、長兄がなくなった三菱製鋼所。国際文化会館、平和公園、浦上天主堂、如己堂、山王神社の一本鳥居。十年目の長崎は、十年前の変わり果てたあのときとは似てもにつかぬ復興ぶりだった。わたしは、市内を一巡してから、新聞記者の質問にこう答えている。

「……浦上天主堂をみた瞬間、本当にびっくりしました。原爆のおそろしさを感じました。原子野などにいっても残っているのはこの天主堂だけです。……平和像も見ました。しかしもう天主堂を除いたほかはみんな観光地です。十年になっても焼痕は一生取り去られるものではありません。恥しい不具の身をいったいなぜ映画の撮影に供したでしょうか――ただ原爆の恐しさを知ってもらいたい一念からです。……浜町も通りました。モンペ姿だったあの当時とは全く変って派手な服装で楽しそうに歩いている女の人も……。大浦の海岸も通りました。港には軍艦がいま

映画「生きていてよかった」のロケで市内見物へ

した。十年間も見捨てられて泣いている私たちがいるのに自衛隊はどうして拡大しているのでしょうか。」

（「民友新聞」一九五六年三月十日付）

第二回世界大会への参加

こうしてわたしも、寝たきりのくせして、しかし自分としては寝たきりのもののやり方で、たくさんの先輩やなかまの友情につつまれながら、生活範囲をひろげているうちに、第二回原水爆禁止世界大会を長崎でひらくことが決定された。しかもその大会で、長崎の被爆者を代表してわたしが訴えることになった。自分のようなもので果たしてつとまることかと、たいへん悩んだ。まして大勢の人の前にでたことがないので、なおさら心配でたまらなかった。そこでまず母に相談してみた。母は、「長い十年間だったよ。ほんとうに悲しく、苦しかった。これは被爆者みんながたどった原爆の苦しみだよ。こんなことは二度と再び全世界の人たちに経験させたくないことだから、原爆をなくすようにお願いしなさい」と、わたしの目をしっかりとみつめていった。確信をもって励ましてくれた母。その母のたくましさに、いまさらながら驚いた。

母の励ましによって、世界大会第一日目の開会総会で、長崎の被爆者を代表して訴えるという、大きな任務をひきうけることに心をきめた。

わたしが代表として壇上に立つことがきまったことを知って、ある人は、いった。

「大会では、足が見えるように、短いお洋服を着て出席しなさいよ」

十一年このかた原爆で細くなった足。無感覚になった足。死んでしまった足。とはいっても、わざとみせるなんて――それこそほんとうのみせものだ。わたしは自分のなえた足だけはみせものにまでしたくないと思った。その人は善意でいわれたことだろうけど、すこしばかり腹立たしかった。大会当日、わたしは足がすっぽりかくれる長いドレスを着た。

また、「たくさんの被爆者がいるのに、よりにもよって不自由な身体を動かして、みせものみたいだ」という人もいた。

長崎の被爆者の心を訴えようとすれば、しょせんわたしのとじこもっている生活だけでは十分でないことは、わたしがもっともよく知っていた。「乙女の会」の人たちにも、このことについて相談したり、みんなの被爆の状況をあらためて聞いたりもした。

大会の数日前には、知り合いの新聞記者や江頭泰雄さん（当時、長崎経済大学学生）のアドバイスで、長崎大学医学部附属病院を訪問した。できるかぎり多くの被爆者の声を訴えたいと考えたからだった。話に聞くと見るとでは、こうもちがうものかと、そのとき思った。入院している被爆者のなかには、病気の回復につとめるという病人ほんらいの姿でなく、たとえば自分が入院していては、家族の生活がなりたたないから、できるものなら、いますぐにでも病院を飛び出して働きたい、そのことばかりを考えている、と訴える人も少なくなかった。また、親が入院していて、そのベッドのそばで小さい子どもが、無心に遊んでいる。子どもは患者の食べのこしで生活しているという現実。わたしの心はしめつけられるようだった。

発言の原稿は、何回も何回も推敲《すいこう》して、ようやくまとめることができた。そして、不安と期待を一緒にいだきながら、八月九日の開会総会を待った。

その日の長崎は、世界で二つ目の原爆が空でひらめいて十一年目――あの日、あのときを想起させるように、真夏の太陽がカンカンと照りつけていた。むし暑い日であった。午後二時ちょうど、自宅に黒田秀俊さんの出迎えを受けた。そして黒田さんの案内で、母と一緒に会場の東高校体育館へむかった。大会場へ着いたとたん、びっくりした。大会はすではじまっているらしかったが、中へはいれない各県代表が場外に張られた天幕のなかで、汗をぬぐおうともせず、じっと場内からのスピーカーに耳を傾けているのだ。入口で車が停まった瞬間、広島の被爆者であるFさんたちがかけよってこられた。わたしは言葉もでず、窓ごしにただかたい握手をかわした。広島の方がたの目に、心なしか光るものがあった。Ｆさんが車のドアをあけ、わたしの身体を抱きあげた。

開会されたばかりであろうか、場内はシーンと静まりかえっていた。最前列の席へ腰をおろしたが、会場の雰囲気にのみこまれ、ただ、スピーカーから流れる声を、うつろな気持ちで聞いていた。しばらくして、やっと心が落ち着いてきた。そして周囲の様子もみることもできた。顔を上げると正面には地球と平和のシンボルの〝ハト〟をあしらった絵がかかげられ、その下のヒナ壇には、世界大会の名にふさわしく、海外代表がならんでいた。金・銀・赤・青と美しい千羽鶴がゆれている。

「千羽の鶴を折れば、願いがかなえられる」との諺《ことわざ》を、思い浮かべながら、未知の人びとから寄せられる、暖かい心からの励ましに、すっかり感激してしまった。そのとき、安井郁さんのメモが、わたしの手もとにとどけられた。

「御身体は大丈夫ですか。どうかどうか心に思っておられるままを世界各国と、日本全国の代表に訴えてください。つくりものはいけません。 安井郁」

このメモが、わたしの心のどこかに、まだこもっていた不安をとりのぞいてくれた。議長団の一人、クリーチュリェ女史(当時、フランス国民議会副議長)が〝被爆者のあいさつ〟と場内に告げると、かわって安井さんの声が、〝長崎代表渡辺千恵子さん〟と、マイクをとおして聞こえてきた。場内は一瞬シーンと、静まっていた。

壇上にたったわたしは激しくふるえた。しかし、わたしをしっかと抱いてたつ母の身体のぬくもりに、勇気づけられ、いままで胸のうちにひめていた原爆への底しれぬ怒りを、マイクをとおして、力のかぎり訴えた。

わたしのつたないことばでも、場内二千数百の人びとの心に通じるものがあったのだろうか――。われるような拍手で応えてくれた。ついに念願であった〝平和の叫び〟を世界の人びとの前で訴えることができたのだ。席にもどると、親愛の情のこもったたくさんの手が、小さい棒のようなわたしの手を、つぎつぎにしっかりとにぎった。もう言葉がでない。涙がいくすじも頬《ほお》をつたって流れた。

2 生い立ち

長崎の街

長崎の街は、徳川時代に幕府が鎖国し、ここを唯一の貿易港としたことによって大きく発展した。それまでは海辺にポツリポツリと漁家が点在する一寒村にすぎなかった。その数わずかに五十数戸ともいわれていた。ところが開港してからはイエズス会の教会堂に信者たちが集まり、またポルトガル貿易品をあてに集まる商人たちによって、街はつくられてきたといわれる。長崎はキリシタンの街、商人の街であり、その伝統は今日も消えていない。

市街は長崎港を両側からつつむ形で、南北に細長くひらけ、背後には風頭《かざがしら》、稲佐などの山やまが連なっている。ちょうど段々畑のように斜面に人家がたちならぶ景観も、長崎ならではのものだろう。

かつて歌人斎藤茂吉は、この街を訪れて、

朝あけて船より鳴れる太笛のこだまは長し並《な》みよろふ山

と、詠んだ。わたしが育った長崎の地形、地理、生活のいぶきを、よくあらわしていると思う。

しかしアメリカにとって、軍事的には、私たちの街も、南だけが海にひらいたスリバチ型の人口密集地、したがってデルタにひろがる広島とはちがうが、もうひとつの「原爆実験都市」として、絶好の目標と考えられたにちがいない。

わたしの生まれたころ

わたしは、一九二八（昭和三）年九月五日、長崎市の中心部の銅座町で父・健次、母・スガの五女として生まれた。兄が二人、弟が一人おり、父母にとってはわたしが七番目の子どもである。父は履物問屋を営み、家族のほかにお手伝いさんと、若い小僧さんが二、三人、一緒にすんでいた。大家族であることと、商家らしい活気とで、毎日にぎやかなものだった。

わたしが生まれる前年には、わが国で金融恐慌がおこり、翌年には世界大恐慌が勃発している。労働組合の争議、あるいは農民の小作争議も、各地にひろがっていた。また一九二八年といえば、共産党の中央機関紙「赤旗《せっき》」が創刊され、普選による第一回総選挙で山本宣治が当選するなど、日本の人民にとって歴史的なできごとが記録されている。わたしが、原水爆禁止運動へ参加するようになってから、小林多喜二の小説で知った三・一五事件も、この年のできごとであった。

いまふりかえってみると、自分の運命が、こうした歴史のなかでつくられてきたことに愕然《がくぜん》とする。そしてわたしの身体から、脳裡から、胸中から消しさることのできない戦争が、まず「満州事変」としてはじまったのは、三歳のときであった。日に日に侵略戦争が拡大されるなかで、なにも知らないまま、わたしは成長していくことになる。

日本が国際連盟を脱退した翌年、一九三四(昭和九)年に、わたしは、袋町の長崎市立幼稚園にはいった。きびしい時代ではあっても、幼いころのわたしは、一日一日が楽しかった。わたしの一家が住んでいた銅座町から数分のところに寺町があって、南北に細長くお寺がならんでおり、今日でも被爆前の古い長崎の街の面影を部分的にとどめているが、その一帯は、幼い日のかっこうの遊び場だった。

父や母は、娘たちに当時の女の子らしい躾《しつ》け方を考えていたのだろう。わたしは、すぐ上の二人の姉と一緒に、ものごころがつくころから日本舞踊を習っていた。それは、べつだんおもしろいとか、好きだとかいうのではなく、ただ習慣としてなんの抵抗も感じていなかったように思う。

佐古小学校のころ

第十六回原水爆禁止世界大会参加のため東京へでた折り、NETテレビの「土曜ショー」に出席した。このテレビをみたといって、小学校一年生のときのわたしを教えた記憶があるという女の人から、ホテルに電話がかかってきた。

「渡辺千恵子さんは佐古小学校でなかったですか」

「そうです」

いろいろと話をした。先方は、現在の姓名と旧姓をつげられたのだが、あまりにも突然だったのでメモをとる間もなく、うっかり忘れてしまった。そのときは判然としなかったが、あとで記憶をたどってみると、話し方などから、ぼんやりと、思いだすことができた。名をつげられたときはっきり聞いておけばよかったわけだが、残念なことをしてしまった

佐古小学校卒業記念（前列右から６人目がわたし）

と思う。なんでも東京に在住しておられるとのことだった。

小学校のころは身体が小さかったため、いつも前のほうの席にすわらされていたので、先生には目だったかもしれない。勉強はあまり得意でなかった。成績も平均ぐらいだったと思う。ただ、スポーツは好きだった。そのなかでも走るのがじょうずで、運動会はいつも一等賞をとっていた。また当時は、長崎市内の小学校が連合して、リレー大会をひらくならわしもあった。そんなときは必ず、わたしは佐古小学校の代表メンバーとして名をつらねていた。わたしの兄弟はみんな走るのが速く、そろってリレーの学校代表の常連であった。

佐古小学校は長崎でも歴史のある小学校の一つである。日本最初の西洋式医学校と病院の発祥の地にたっており、被爆後、校舎は新しくなったが、現在でもわたしたちが通っていた場所にある。わたしの家があった銅座町からは、子どもの足で十五分から二十分ぐらいかかり、長崎特有の石段と坂道をのぼっていくのだった。

この佐古小学校時代の終わりころ、修学旅行で博多へ行ったときの印象は忘れられない。長崎の街は道が狭いうえ、平坦なところが少ないため、博多の道路の広さ、それにひろびろとした平野には、みんなおどろいた。わたしはその前に、父につれられて大阪、京都、神戸などをみていたはずだが、それでもやっぱり、同級生のなかまと一緒にきいろい声をあげ、大いにはしゃいだものである。

わたしが佐古小学校を卒業したのは、もう太平洋戦争のはじまる直前であった。このわたしの母校は、四年後に原爆が投下されたとき、卒業生のあいだから多数の犠牲者をだした。爆心から五百メートルのところにあった城山小学校のように、千四百余名の在校生が死亡し、生き残ったのはわずか四十数名というほどではなかったにしても、それはわたしたちにとって、悲しい傷跡のひとつとなっている。

子どものころの長崎

現在もそうだが、長崎はお祭などの催物が好きな土地がらだ。はなやかな催物は長崎っ子をこのうえなくよろこばせる。わたしたちの子どものころ、催物が近づくと、みんなその日のくるのを指折り数えて待ちこがれていたことを思い出す。戦火が激しくなってきてからでさえ、お祭はおこなわれていたように思う。わたしの家も商売をしていた関係で、祭事には家中が熱心だった。わたしは、お祭の好きな長崎人の、それもお祭にはもっとも力を入れる商家の雰囲気のなかで育ったわけだから、とくに印象がつよく残っているのだろう。お祭の日には、きれいに着飾って、お化粧をしてもらい、心をうきうきさせていたものだ。

長崎の代表的な催物をあげると、まず四月の上旬から下旬の日曜日におこなわれる「凧《はた》揚《あ》げ」、旧盆におこなわれる「精霊《しょうろう》流し」、そして十月の七日から三日間の「おくんち」がある。

長崎の「凧揚げ」は、ずいぶん古くから伝わっている行事だ。なんでも十六世紀のころポルトガルからの伝来といわれる。出島の和蘭《オランダ》館の黒人の召使いが望郷の思いを凧に託して揚げたというのがはじまりと聞いている。その昔、長崎の「凧揚げ」は外国の百科辞典に記されるほどさかんで、熱狂のあまり争いがたえまなく、奉行所からも再三禁止令がでたという。

「凧揚げ」の日、わたしの家は商売を休み、家で働いていた若い人たちも一緒に、一家総出で、朝はやくからいろいろのご馳走をもち、天草灘を見下す山へ登った。そこで「凧揚げ」を声援しながら、春たけなわの一日を楽しむのだった。

凧は菱形で、その大小、図柄などはさまざまだった。競技者は、それぞれに鋭く左右に走る凧を操り、相手のと交錯させて糸を切る。糸には、ビードロといってガラスの粉が塗りつけてあり、相手のを切ったほうが勝ちというわけだ。勝者は「ヨイヤ!」と勝どきを上げる。それが、わたしにはとても男らしく勇壮に思えた。「凧揚げ」が近づくと、街でよく糸作りの光景がみられたことも忘れられない。

旧盆におこなわれる「精霊流し」は、小泉八雲によって外国にも紹介された出雲のが有名であるが、長崎のも、長崎らしいおもむきがあり、わたしたちを楽しませてくれた。精霊はおおかた船のかたちをし、新仏《あらぼとけ》の生前の特徴をだすようにかざられ、男衆がかついで町まちをねり歩く。「チャーンコーンチャーンコーン」の鐘の音と、「ドーイ、ドーイ」の掛声にいきおいづけられながら、ちょうど火消しのマトイのような菱形の「ミヨシ」をもった人が先頭にたち、大名行列の奴さんの足どりですすむ。街角など見物人の多く集まるところでは、行列はにわかに活気づき、精霊が道路いっぱいに広がり、うずまきデモのようになったりした。そして、やがては海へと精霊がたどりつく。長崎の子どもたちは、精霊が流されると海水浴をやめ、夏の終わりを知るのだった。

父が亡くなったのは、わたしが小学校五年生のときだったが、翌年に父の精霊が流された。そのころは、すでに日中戦争のさなかで、長兄は兵隊にとられ、男手が不足していた。もちろんわたしの家ばかりでなく、町まちから若い男たちの姿は消えていた。それに物資も次第に少なくなっていた。そんなことで、父の精霊は質素なものであった。年老いた親戚のおじさんや、近所の人たちの手を借りて流された。いま、その精霊の前でとった写真をみると、わたしはいいようのない悲しさ、さびしさを感じる。

秋がくると、諏訪神社に奉納する「おくんち」がある。「おくんち」は徳川家光の時代、キリシタンの布教がさかんにおこなわれ、それに手をやいた長崎奉行が、宗徒の布教から人びとの関心をそらせるための行事としたことが、はじまりといわれる。長崎は鎖国時代唯一の開港地だけあって、だしものも国際色豊かな絢爛《けんらん》たるものだ。

「おくんち」を奉納する町は、現在全市で七十七町あり、七年に一度、その担当の順番がくる。これを七ヵ町といって、「踊り町」になる。「おくんち」の本番は三日間だが、その一週間前から行事が各町内ではじまり、そのひとつに「庭見せ」がある。「踊り町」の家いえで踊りの衣装や小道具、それに家に伝わる美術品などをならべてみせる。そのとき、表格子をはずして奥庭までみえるようにする。わたしの家も、そうしたことを覚えているが、この風習は、キリストを祀っていないという「潔白さ」をあらわさんがためにおこなわれたといわれている。

蘭学者高野長英などが師事したシーボルトも、「おくんち」見物をしたことを、その著書のなかに書いているという。また、かれの愛人になった其扇《そのぎ》という遊女も、「おくんち」に踊ったということが記録されている。なんともほほえましいことである。そして、もしやあの高野長英も、「おくんち」見物をしたのでないだろうか。もしそうだとしたら、かれはどんな見方をしたか、長崎で育ったものとして心をひかれるところである。

父のこと

父は一九四〇（昭和十五）年に亡くなった。前にも書いたとおり、わたしが小学校五年生のときである。しかし、父の死の前後の記憶は、あまり定かでない。いまでも、悲しいことは思い出そうとしないからかもしれない。

わたしの父は、商売をしていた関係から入信したのか、「ひとのみち」教会へ毎朝お祈りに通うことが日課となっていた。とりたてて信仰が厚かったというわけではなく、いま考えてみると、なにか朝の散歩がわりに楽しんでいるふうだった。わたしも何回か父と一緒に、その教会に足をはこんだことがあり、手をつないで歩きながら、心をうきうきさせ、父との会話に熱中したものだった。父は非常に家族をたいせつにし、子どもたちをかわいがった。わたしは女の子で一番下だったため、とくにかわいがられたように思う。ときに、商売の方がはやくかたづいて、ひまのある夜などは、「幽霊寺」の話を聞かせたりしてくれた。その話のすじを思いうかべながら調べてみると、どうも長崎の民話のひとつ――「光源寺の幽霊」であったらしい。

父の晩年はさびしかったと思う。すでに長男を兵隊にとられてしまったからである。男といえば、次兄と小さいわたしの弟だけになった。父の亡くなったことは、「満州」にいる兄には知らせなかった。遠いところで心配させないようにという母の配慮からであった。

女学校と学徒報国隊

太平洋戦争のはじまった年にわたしが進学した鶴鳴《かくめい》女学校は、佐古小学校よりさらに坂道を上へのぼったところにあった。銅座町から船大工町、遊郭で有名な丸山町をぬけて、東小島町にある。徒歩三十分ぐらいかかったような気がする。現在は、鶴鳴女子高等学校と名をあらためて同じ場所にある。姉三人もこの女学校だったので、わたしもしごくあたりまえのように、そこへ入学した。しかし、もうわたしが入学したころになると、学校では勉強どころでなかった。

『学習の友』一九六八年八月号に随筆を書いたところ、編集部は、それに〝もがれた青春〟と題名をつけてくれた。わたしは、「学徒報国隊」のことを思いうかべながら、つぎのように書いている。

「わたしの苦しい戦争体験は、〝学徒報国隊〟にはじまりました。〝撃ちてし止まん〟〝ほしがりません勝つまでは〟わたしは女学生時代、こうした精神教育を受け、学業をなかばにして軍需工場へと放りこまれました。

いくら雪が降ろうと、水道の水も出ない冷たい霜の朝であろうと手袋はもちろん、靴下をはくことも、オーバーを着ることも許されなかった戦時中。

一クラス二、三足ずつの配給しかないズックはなかなかクジ引きであたらず、ゲタばきにモンペ姿。お腹をからっぽにして歌った〝空の神兵〟。

このようなやりきれない雰囲気のなかで、わたしは巻線工場で探照灯の部分品づくりにたずさわっていました。真っ白なテープをコイルに巻きつけ、ゴム板でさらに締めなおす、力のいる仕事で手の平にいくつもの水ぶくれのマメをつくり、きりきりとしみる痛さをいまも忘れることができません。

さらに、原爆によって脊髄を打ちくだかれ、わたしの青春は永遠にもぎとられてしまいました。

それからは、いつはてるとも知れない生命の危険におののきながら生きていかなければなりませんでした。

核戦争という、二度と体験してはならない最悪の時代に学生生活をおくったわたしは、いま、戦争につながるどんな小さなことをもつかみ、知らせあっていかなければ、と思っています。」

小さいときからのんびり者のわたしにも、このころになると戦争がそうはさせてくれなかった。女学校へはいって一年ぐらいは勉強をしたように思うが、それ以後は学徒動員ということで、農村や工場へかりだされていった。

学徒動員のころ（右がわたし）

はじめのころは、男手が兵隊にとられた農家の手伝いであった。暑いさなかに茂木ビワ畑の山に登って、なれない手つきで草取りをしたり、乾燥草の刈取りなどをした。農村への動員は、まだ農繁期だけにかぎられていたが、やがてカンヅメ工場で長期にわたり働くようになった。それから三菱造船、さらにわたしが被爆した三菱電機へとつづく。

農家の手伝いとか防空壕掘りは、毎朝、学校へ集まり、集団で行動した。学校から目的地まで、山を登ったり下ったりして長い距離を歩かなければならないため、かなり苦痛だった。そのころ、すでに長崎にもたびたび空襲があった。空襲になると昼夜わかたず防空壕にはいらなければならず、緊張の連続であった。そのため、若いわたしたちでさえ、慢性的な睡眠不足になっていた。

三菱造船で働くころになると、学校に集まることもなく、各自が自宅から造船所へ直接いくようになった。配属された工場の前で点呼をとり、そして仕事につくのであった。造船所では、ボール盤で鋼板に穴をあける作業であった。なれないわたしたちは、油をさしながら針が折れないようにするコツがわからず、しばしば失敗した。しかも、針を折ると始末書をかかされ、監督からぶつぶつ文句をいわれ、あげくのはてに学業の成績にもひびいた。学科はちっとも教えてもらっていなかったので、「成績」はそんなことではかるしかなかったのだろう。成績に影響するしないよりは、監督から文句をいわれるのがつらかったので、わたしたちは真剣だった。

当時のわたしは、毎朝のように工場でおこなわれる「勅語奉読《ちょくごほうどく》」などにたいしても、疑問すら抱かず、あたりまえのことと思っていた。また、ひざもとの長崎でのキリスト教弾圧のことも知らなかったし、社会に貧富の差があるということにも気がつかなかった。

三菱電機に動員されているときのことだった。ある日、昼休みに友だちから借りた本を読んでいた。それを監督にみつけられ、呼びだされた。監督は「いまをなんと思っているのか、たとえ昼休みでも本を読む時勢ではない」と説教したうえ、その本をとりあげてしまった。わたしは友だちから借りた本であったため、ひじょうに困った。そして作業の終了後、監督のところへいって、本を返してくれるようお願いした。すると監督は、「昼休みといっても自由な時間ではない。つぎの仕事をするために無駄なエネルギーを使ってはいけない」と、またまた説教をし、今後このようなことはいっさいしないとの一札をとって、ようやく返してくれた。その本は、島崎藤村の『破戒』だった。

またこんなこともあった。ある朝、わたしたちは工場の神殿の前の集会で、監督の訓話を聞いていた。とつぜん監督が、自分の話をわたしが笑って聞いていたというのだった。わたしは、監督から「どうして自分の話を笑って聞くのか」とさんざんにしぼられた。しかし、わたしにはその話を笑って聞いたおぼえがなく、答えようがなかった。わたしの顔がいつもニヤッとしているかもしれないなどとも考えた。その場は、さいわいに引率の先生がなかにはいってとりもってくれたので、やっと助かった。

同級生は、こうしたきびしいなかでも、よく協力し合っていた。一人の同級生が叱られると、自分のことのように思ったりもした。毎朝、工場の前には憲兵が立っていて、わたしたちの胸の名札をしらべていた。こわい顔をした憲兵をみるだけでも恐怖だった。作業中に、ときどき監督が見回りにきたりすると、それを一番先に察知した者が「きたわよ!」と合図する。するといっせいにいままでガヤガヤとおしゃべりしていたのをやめて静かに仕事をした。そして「いってしまったわよ!」との確認によって、またガヤガヤと話しだすのだった。こういうやりかたは、わたしたちが身を守る手段であり、その点では、すばらしく団結していた。もしみつかったらきびしい罰則があったが、だれ一人として密告しようとするものはいなかった。

わたしは女学校時代のこういった状況にあっても、ごく平均的な人間であったように思う。仕事なども、とくになまけるというわけではなかったが、そうかといって積極的にはやらなかった。ただ、みんながやるように、自分もやっていた。

わたしたちの青春時代は、学徒動員で働かされ、まずしい食物を食べ、あとは寝る、そのくりかえしの毎日であった。

二人の兄のこと

三番目の姉が二歳のとき病気で亡くなったので、兄弟は七人、うち女四人、男三人であった。いずれも原爆が長崎に投下されるまでは健在であった。しかし、原爆によって、長兄が爆死し、二ヵ月後に焼跡から死体となって発見された。長兄は、その年の一月まで陸軍航空隊の伍長として「満州」の牡丹江におり、兵役を終えて帰ってきていたのだった。長兄が帰ってきたときは、それでなくても男手に不自由していた母は、非常によろこんで、わたしをはじめ家族全員で長崎駅までむかえにでた。大きなリュックを背負った兄がでてくると、母は目に涙をうかべながらよろこんだ。大きなリュックには、航空隊の特配品であろう、チョコレートやアメ玉そのほかの菓子・砂糖などがどっさりとはいっていた。そのころはめずらしいものだったので、わたしたちはとてもよろこんだものだった。

兵役を五年で終えてきた長兄は、すぐさま三菱製鋼所へ勤めることになった。それはぶらぶらしていると、また兵隊にとられるということの配慮だったらしい。しかし、半年もたたないうちに予想もしなかった結果が訪れたのである。

次兄は家族の中でただ一人、被爆者でない。一九四三（昭和十八）年に兵隊にとられ「満州」へいっていたからだ。戦後、ソ連軍の捕虜となって、シベリヤに抑留されたとはいえ、この次兄については、ささやかな母の願いがかなえられたのであろう。母は次兄が十二月に生まれたにもかかわらず、その出生届を翌年の一月としていたのだった。母が、一年でも兵役をおそくしようと考えた知恵であったと思う。そんなことが、あるいは原爆の犠牲をまぬがれることにつながったのかもしれない。とはいっても、一九四七年に次兄が抑留地のシベリヤから長崎に帰ってきたときには、まったく人ちがいであろうと思えるほど、ゲッソリとやせていて、たいへんな栄養失調になっていた。長兄の死を、そのときはじめて知っても、実感がわかぬほどの状態のようであった。

次兄一人をのぞいては、わたしをふくめて家族全員が原爆の犠牲となったのである。わが家にとっては、まったくのろわしい戦争であり、原爆であった。

3　母スガのこと

被爆後、一日もかかさずにわたしの身のまわりの世話をしてくれている母も、すでに七十六歳になる。この二十八年間、わたし一人のために働きつづけてきた。普通なら、とうに隠居の身で、孫たちにかこまれている生活があったろう。それができないのも、原爆のせいだ。母自身も被爆者で、いまでは通院が日課のようになっている。耳もだいぶ遠くなって、わたしと二人の日常生活での会話も、だんだん大きい声をださなければならなくなってきた。

手足のように助けるという言葉があるが、母は文字どおりわたしを朝に晩にだきかかえて世話し、手足どころか、わたしの生きていることそれ自体が、母の愛情のたまものである。あるときは死にものぐるいで看病し、あるときはおいしいものを食べさせようと駆けずりまわり、あるときは不満とやるせなさのはけ口をつとめてくれる母。まるで、被爆して不具になった娘のために生きつづけてきたような半生である。もしわたしが原爆の「生き証人」といわれるなら、母こそ、その証人を生かしつづけてきたことになる。

母は、原爆で長男を失い、わたしのような不具者をかかえることになったが、次男をはじめ五人の子どもが健在である。子どもたちが、みんな母をたいせつにしているので、その意味ではしあわせだと思う。これからもずっとずっと長生きしてほしい。たとえ闇夜は長くとも、明けない夜はないというのだから、わたしが一人でも生きていける社会が実現し、母の長い苦労がむくわれる日がくるまで、生きつづけてほしい。

母の生い立ち

母スガは一八九七（明治三十）年、長崎市新橋町に生まれた。生家は古物商だったという。七歳のとき母親を亡くしている。小学校に入学した直後のことであった。

その後、祖父は再婚せず、四人の子どもたちを男手一つで育てた。わたしの母は四人兄妹の二番目で、長女であったため、家では母親のかわりもしなければならず、そんなことでさびしい幼年時代だったようだ。

二十歳のとき、履物の卸商をしていた、渡辺健次（わたしの父）のところに嫁いだ。子どもは夭折《ようせつ》した次女をふくめて八人。わたしの幼いころは多忙な商家の主婦であった。それでも、母にとってはしあわせな日々であったと思う。

戦争と母

ヨーロッパで第二次大戦の火ぶたがきられた翌年の一九四〇（昭和十五）年、夫を病気で失ってからは、家業を女手一つできりまわすようになった。ようやく成人した長男はすでに兵隊にとられ、次男も、戦争の激化とともに兵隊にとられてしまった。

姉たちが、母の手伝いをした。小学生だったわたしも、小さな自転車にのり、荷台に鼻緒をくくりつけて、浦上のあたりまで運んだりしたことを憶えている。

太平洋戦争がはじまってからは、統制がきびしくなり、自由に商売もできなくなった。履物屋のばあい、県下の卸商が統制会社にまとめられ、各店主は、その会社に雇われて働かなければならなかった。店主といえばたいてい男であったため、母はつらい思いもしたらしい。統制会社の手当は、男の店主が月額百五十円、女は百円だったという。物価がどんどんあがっていたから、子どもたちを学校へ通わせるのは、楽なことではなかった、と母はいっている。

長崎原爆投下の日、当時のわたしの家は爆心地からは山かげになっていたため、大きな被害は被らなかった。ちょうどそのとき、統制会社の二階で作業をしていた母は、グラグラゆれる震動と大音響に身がすくんでしまったという。少しようすがおさまってから家に帰ってみると、窓ガラスがメチャメチャにこわれていた。子どもたちのことが気がかりで、家を出たりはいったりしているところへ、三女は電話局、四女は三菱造船海軍監督官事務所で無事であることがわかった。つづいて三菱兵器工場で働いていた三男は、背なかを負傷し、裸で帰ってきた。工場の建物の下敷になっていたそうで、はじめ真っ暗だったが、陽がさしてきたのではいだし、おなじように建物の下敷になっていた友人をひきだして、自分たちの学校へもどったが、もうなにもなかった。西山の山越えをしてくる途中、農家の人がキュウリを一本ずつくれたので食べたところが、吐いてしまったと語るのを聞きながら、なおもどらぬ長男とわたしのことが気になり、食事ものどを通らなかったという。

その日の夕方も遅くなってから、「ごめんなさい、渡辺千恵子さんのおうちはこちらでしょうか」といって男の人が訪れ、わたしが腰の骨をおって飽ノ浦国民学校に収容されていることを知らせにきた。「明日にでも行ってやってください」というその人の言葉にびっくりした母は、明日などといっていられない、大波止まで行けば渡し舟でもでているだろうと思い、家をとびだした。道ゆく先々で「大波止はもえおっていかるもんね」といわれたが、行けるところまで行こうと思い、遠まわりして稲佐橋の方向へ、防空頭巾をぬらしながら、火の粉をはらって急いだ。わたしのところにきてくれたときは、夜もだいぶふけていたように記憶している。わたしは、翌日、タンカのまま肩にになわれて家に帰りつくことができた。

それから母は、長男を探しもとめて原子野をさまようのだった。わたしは知らなかったが、無残にこわされた三菱製鋼所の跡へ、何日も何日も通った。被爆後二ヵ月たち、しようがない、もうあきらめようと思っていた矢先のこと、ふとトタン板をはがしてみると、そこに見おぼえのある服のキレはしをみつけた。それはまぎれもなく長男のもので、その下に、白骨化して死んでいる息子がいた。あまりにも残虐に殺されているわが子をみて、母は涙さえでなかったという。

食糧難の時代

戦後はひどい食糧難の時代であったが、わたしはその苦しさを知らない。寝たきりの生活であったため、家族がどんなものを食べていたのかわからなかった。ただ、毎日、毎食、母や姉たちが運んでくる白いご飯と新鮮な魚や野菜を食べていた。自分だけが特別の待遇を受けているということなど、夢にも知らなかった。あとできいた母の話によると、さいわいおじが熊本で農業をしていたので、わたしのために、そこからお米や野菜などを融通してもらっていたという。

わたしが被爆直後に入院していたとき、こんなことがあった。当時の病院は、いまのように給食がなく、食事は自前でまかない、七輪をつかって三度の食事のしたくをするのだった。そのとき、わたしは漁師をしている男の人と同室だった。母はその家族と親しくなり、新鮮な魚を頼みこんで分けてもらい、わたしに食べさせたりした。なにしろおいしそうで新鮮なものならば、どんなことをしてでもわたしに食べさせようと努力していたようだ。母ばかりではない。母を中心にして、兄弟みんながわたしのために大きな犠牲をはらってくれたから、生きつづけられたようなものだと思う。

被爆者にとって栄養と休養はとても大事なことで、栄養さえよかったら、休養さえ十分だったら助かっている人も数多くいたはずだ。重症の人はもちろんのこと、軽症の人でもそうである。しかし、たいがいの被爆者は、栄養を十分とること、休養を十分とることが困難な生活状況に置かれているのが、いまなお現実である。被爆直後は、なおさらだった。

井伏鱒二の小説『黒い雨』（新潮社）にも、こんな場面がでてくる。――主人公の閑間《しずま》重松と庄吉は広島で被爆した原爆症患者で、栄養と休養、そして適度に散歩したりするのが、病気をくいとめるのにいちばんよいと医者からすすめられていた。そこでかれらは栄養補給と健康の一石二鳥の療養法を堤釣《どてづり》にもとめる。ちょうど農村は農繁期で忙しく追われているある日のこと。二人の知り合いの後家女房で勝気な小母さんが、堤釣をしているかれらと口論をはじめる。

「お二人とも、釣ですかいな。この忙しいのに、結構な御身分ですなあ」と変な口をきいた。

小母はんは手拭を被って、空《から》の目籠を背負っていた。

「何だこら」と庄吉さんが、水面の浮子《うき》の方を見ながら云った。「そう云うお前は、池本屋の小母はんか。小母はん、そりゃどういう意味か」

池本屋の小母はんは、すぐ行けばいいのに、わざわざ堤の下に寄って来た。

「小母はん、結構な御身分というのは、誰のことを云うたのか。わしらのことを云うたつもりなら、大けな見当はずれじゃった。大けな大けな大間違いじゃ。小母はん、何か別の挨拶に云いなおしてくれんか」

温厚篤実な庄吉さんも、日ごろに似合わず竿先《さおさき》をぶるぶる震わせていた。

「なあ小母はん、わしらは原爆病患者だによって、医者の勧めもあって鮒《ふな》を釣っておる。結構な御身分とは、わしらが病人だによって、結構な身分じゃと思うのか。わしは仕事がしたい、なんぼでも仕事がしたい。しかしなあ小母はん、わしらは、きつい仕事をするとこの五体が自然に腐るんじゃ。怖《おそろ》しい病気が出て来るんじゃ」

「あら、そうな。それでもな、あんたの云いかたは、ピカドンにやられたのを、売りものにしておるようなのと違わんのやないか」

「何だこら、何をぬかす。馬鹿も、休み休み云え。わしが広島から逃げ戻ったおり、あのとき小母はんは、わしの見舞に来たのを忘れたか。わしのことを尊い犠牲者じゃと云うて、嘘泣きかどうかしらんが、小母はんは涙をこぼしたのを忘れたか」

「あら、そうな。そりゃあ庄吉やん、あれは終戦日よりも前のことじゃったのやろ。誰だって戦時中は、そのくらいなことを云うたもんや。今さらそれを云うのは、どだい云いがかりをつけるようなもんや」

多くの被爆者の体験を読んだり、聞いたりしても、やっぱり栄養と休養のいかに大事であるかがわかる。広島原爆病院の重藤文夫院長や長崎の聖フランシスコ病院の秋月辰一郎医長らの専門家としての発言も、それを裏づけている。わたしは、めぐまれていた。

義宮の来崎

「目隠しされた義宮さま――原爆症ケロイド模型外す、どぎつい印象恐れて」というような見出しで、一九五六年四月四日付の各紙は、義宮の来崎を報道した。

「九州ご旅行中の義宮さまは三日長崎市内を見学された。ところがその午後の日程に組まれた長崎国際文化会館五階の原爆資料展示室から原爆障害者の痛ましい傷あと〝ケロイド〟を示すロウ細工模型三点が宮さまのおこしを前に県庁関係者の手で隠された。」

新聞が報じた長崎県秘書課長補佐の話によると、「二日夜課内で打ち合せた際模型の話がでたが、結局お見せせぬことをきめた。これは秘書課だけで考えたことで随行の方の申出があったわけではなくもちろん知事も知らない」そうである。いかにも官僚的な弁明だ。

そして、国際文化会館の館長は、「たしかにどぎつい印象をうけると思う。県からの要請でご見学がすむまで別室にひっこめた」と語っている。

長崎県原水協は、「義宮は長崎見物だけにきたのか」と強い不満を表明し、わたしもつぎのような感想を新聞記者に述べた。

「原爆のため長崎の人が味わったあの恐ろしい体験を宮さまにも理解してほしい。恐ろしさを知ってこそ本当の原水爆禁止が叫べると思います。こんなことでは原爆被害者が過去にほうむり去られてゆく気がします。模型だけでなく原爆障害者の生活も見ていただきたいくらいです。」

その晩は、母と二人でこのことを話しあい、過去の苦しい生活をかみしめた。ケロイドの模型がとりのぞかれることは、生きているケロイドのわたしたちがとりのぞかれると同じこと、いやそれ以上に生きているケロイドの方が、「印象がどぎつい」のである。模型は模型でしかありえないのだから。わたしも、母も、自分から好きこのんで犠牲になったのではない。それなのに、なぜ真実をおおいかくすのか。ほんとうに腹立たしかった。

やりようのない怒りがなんどもなんども、こみあげてきて、この夜はまんじりともしなかった。母も、原爆で失った長男のこと、不具にされた娘のことを、考えていたにちがいない。天皇の息子にたいするあつかいについては、だまってこらえているようだった。

信仰のこと

母はいぜんから宗教に関心が深かった。しかし、どの宗派でなければならないというようなことは、あまり気にしなかったようだ。それでも、どちらかといえば古典的なむずかしい宗教より、現代風にわかりやすい庶民の宗教、いわゆる新興宗教のほうだった。戦前父が健在であったころは、商家であった関係からか、「ひとのみち」の信者であった。そのころは年に一度、両親は必ずといってよいほど「大元霊《みおやおおかみ》」へ祈願にでかけた。わたしも一度か二度、大阪の本部に連れていかれた記憶がある。しかし、この宗教は、信者の胸に日の丸のバッジをつけ、大群集の朝まいりなどを組織していたのに、一九三七（昭和十二）年、天皇制政府によって弾圧され、解散させられた。なんということはない、あまりハデに当時の国策に盲従したため、天皇を神とする「国家神道」をけがす宗教であるとされたのである。戦後はキリスト教の一派とまちがうほどモダンな名前「ＰＬ（Perfect Liberty＝真の自由）教団」に装いをかえて復興した。

両親は、「ひとのみち」が弾圧されたとき、とくにショックをうけたようすもなかったが、それをやめた。そして父が亡くなり、戦争のため、神を信ずるひまなどなかったのだろうか、母もしばらく信仰から遠ざかっていた。

戦後、母は油屋町で履物の小売商を営んでいたが、家の近所に「金光教」の支部があった。母は、わたしが寝たきりになってしまったことによる傷心もあり、家の前の人にすすめられていつのまにか「金光教」の信者になっていた。

ある日、この「金光教」の支部にえらい人がきて、説教をするというので、母は、娘が「神によって救われれば」という気持ちで、わたしをむりやりにつれていった。そのえらい人は、鉄道事故によって両手片足を失ったということだった。母にしてみれば、手足がなくとも立派に生きていけるということを、わたしにみせたかったのだと思う。いま考えてみると、そのように理解できるが、当時のわたしは、ただ単純に反発するだけだった。

母はそれからというもの、信仰について、わたしにはまったくすすめないが、自分はいまでも信者である。

母の作文

あとで述べる編物グループの講師であった木下澄子先生が、「生活を綴る会」でも活動していた関係で、わたしたち「長崎原爆乙女の会」の会員もそれに参加して、指導を受けた。母もわたしと一緒に参加していた。そこで被爆後の生活について、母にとってはたぶんはじめてであろう、作文を書いた。題名は「原爆の母」である。

「お母さん！
わたしは一度でよいから歩いてみたいのです。
あの太陽の陽射しを一度でよいから
わたしのこの青い皮膚にあててみたいのです。
青い空に
白い雲が浮いて
新緑の景色をこの眼で見たいのです。

十年もの間に、黒こげだった街の姿は変ったでしょう？
街を歩く人だって
服装だって変ったでしょう？
映画も見たい
ピクニックもしたい。
わたしは、だれもが、ああしたい、こうしたいという欲望によって、あるていど満たされる喜びを、
失してしまいました。
わたしの腰から下は
死んでいる。
小さい頃から走るのがとくいだった足も
自転車のペダルを踏んだ足も
今は細く棒のようになっている。
立ち上れない
歩けない

しかし十年もの間、よく生きてきた
わたしはわたしをいじらしく思う。
神様、わたしの願いは達せられるでしょうか。

ノートの一片にしたためた千恵子のなぐり書きです。

おとなしい、すなおな千恵子でしたが、床の上から一歩も動けなくなってからは、すぐ気をいらだたせ、すこしのことでも、だれかれにあたりちらすようになりました。

六年たち、八年たち、千恵子は、やせ細り棒のようになった足をもてあましていましたが世の中は、しだいに落ちついてきました。

千恵子のねている六畳からは、細長い露地を通して、少しばかり表通りがみえます。

お祭りなどには、美しく着飾った娘さんたちが、いきかう姿を、じっと見つめている千恵子は気も狂わんばかりだったことでしょう。

原爆にあってからは、ねまきのほかはきたことのない千恵子です。わたしはだまって、エンジと白の美しい格子のブラウスを買ってきて
〝さあ、これを着てごらん〟

といいました。千恵子は、

〝こんなものいらないってば、どうせ一生外へ出られやしないんだもの〟

と、ブラウスを畳に強くたたきつけました。

私の胸はえぐられるようでした。戦争をのろい、原爆をにくしみ、きびしい運命をかなしむのです。

なんのために生きていくのかというこの子のかなしみが、ひしひしとからだにこたえます。

わたしが生きている間はよいが、わたしがいなくなったら、この不自由な身体で、だれをたよりに生きていくのだろう。だれがなぐさめてくれるのだろうと思うと、わたしはたまらなくなり、いっそ、この子を殺してわたしも死のうと、いくたびとなく思いました。〔一九五六年〕八月、原水爆禁止世界大会が長崎でもたれることになりました。そして千恵子はこの大会に長崎の代表として選ばれたのです。

千恵子はこのことでずいぶん心をいためていたようでした。昼間はあまり元気がなく、夜も寝返りばかりして寝つかれないのです。わたしも、〝被爆者はたくさんいるのに、よりによって下半身不随のこの娘を見世物にするとは〟とまでも思いました。大きな会議場で話すことはおろか、人の前でもろくに口もきけない千恵子の胸の中が、母親のわたしには手にとるようにわかるのです。でもよく考えてみますと、それは狭いひとりよがりな考えのようにも思われてきました。十年間、わたしたち親子が味わってきた苦しみ、そして、わたしたちよりももっと貧しくもっとつらい思いでくるしんでいる被害者のことを考えると黙ってはいられなくなりました。やはりこの機会に訴えなければ、いつどこで訴えることができるのでしょう。……

〔第二回原水爆禁止世界大会の会場で、千恵子が被爆者代表として発言するときがきました。〕わたしは、はりつめていた気持ちがいっそう緊張して胸がドキドキしました。昨夜から一滴の水分もとっていない千恵子の口をあわてて氷水でしめしてやり、しっかりと抱いて立ちあがりました。カメラのフラッシュでなにもみえず、やっと係の人の手を借りて壇上へ立つことができました。わたしも千恵子もブルブル身体がふるえるのをしっかりと抱きあっておりました。

〝わたしは長崎原爆青年乙女の会の渡辺千恵子と申します。〟

千恵子は案外落ちついてしっかりした言葉で話しつづけます。これが二、三年前まであれほどいがみいじけたわたしの千恵子なのだろうかと思ったほどです。

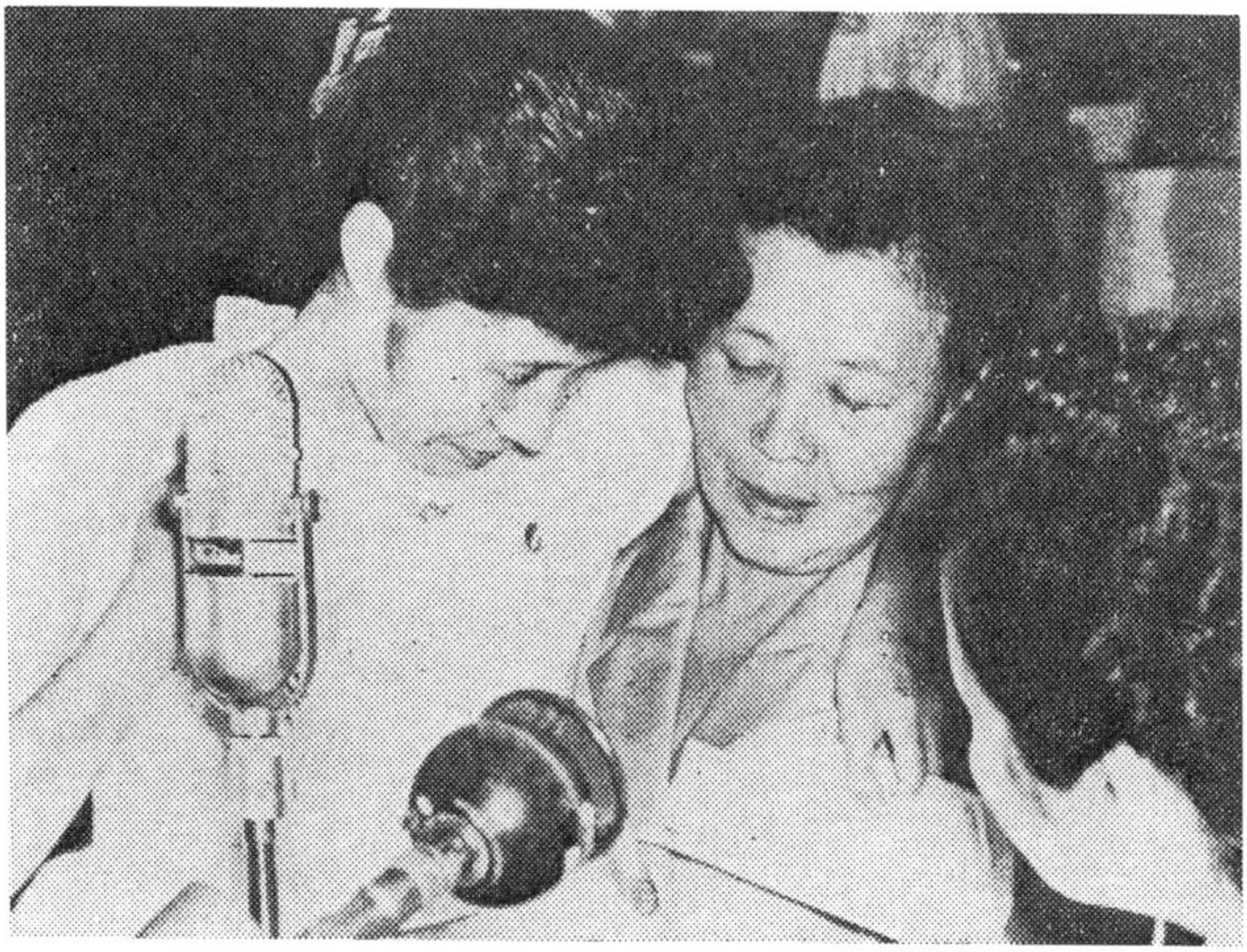

母は常にわたしの手足。第４回世界大会（東京）の会場で

幾度も声をつまらせながら、千恵子は必死に訴えました。〃千恵子ガンバレ、千恵子しっかり、世界中の人が聞いているんだよ、わたしたちの苦しみはわたしたちだけでたくさんなんだよ。どうか苦しみ悲しみを訴えておくれ〃こう念じながらわたしはますますしっかりと千恵子を抱きしめました。

原爆への底しれぬ怒りをマイクをとおして、泣きながら、しかしりっぱに、切実に訴えた千恵子の言葉は集まった三千名の心にこだましましたのか、ワーッと会場もわれるような拍手の音にわたしは千恵子のあいさつが終ったのを知りました。ついにわたしども親子のねがいである平和の叫びを訴えることができました。

千恵子を支えているのは、けっしてしなびたわたしの手ばかりではなかった。わたしたちの手は世界の人にもつながっているのだと心からのよろこびに、いつのまにかわたしも涙を流し、しっかりと千恵子と抱きあっていました。」

4 長崎原爆乙女の会

「長崎原爆乙女の会」の結成

一九五五年六月にひらかれた第一回長崎県母親大会のあと、わたしは、同じ苦しみをもつ四人の「原爆乙女」――堺屋照子さん、山口美佐子さん、辻幸江さん、溝口キクエさんと、あらたに友人になった。

はじめてみんながわたしの家を訪ねてきてくれたときは、かんたんな自己紹介で、これといった話はしなかったが、それでもおたがいにいたわりあいの気持ちが通じ、心がやすらぐ思いだった。しかし、彼女たちの訪問が、二回、三回とつづいても、みんな多くを語ろうとせず、母がお茶やお菓子をだしても、それに手をつけるでもなく、ただだまって集まり、静かに帰っていくという調子であった。

それでも、やがてだれが提唱するともなく、定期的にわたしの部屋へ集まろうという雰囲気が生まれ、徐々にではあったが、いままでの生活のことや、楽しかった思い出などが、ポツリポツリ話されるようになってきた。わたしたちのあいだがらでは、多くの言葉を必要としなかった。

何回目かの集まりのとき、自分たちの将来のことに話が発展していった。将来のことといっても、夢や希望に目を輝かせて語り合うということにはならず、さしせまった生活、就職、さらに結婚はどうなるだろうかなど、不安のさきだつ話題ばかり。そんななかから、わたしたちみんなが今後も協力しあって、どうにか生きるための方途をさがそうというようなことになった。とりあえず、ここに集まった五人で「会」をつくろうということで発足したのが「長崎原爆乙女の会」であり、のちに「青年」も加わって、「長崎原爆青年乙女の会」に発展したのである。

「原爆乙女の会」は、わたしたちがつくる二年ほど前、同じ名称の組織が広島と長崎に生まれ、両者で交歓会などもやっていた。しかし、内容はわたしたちの会とはだいぶちがって、ＹＭＣＡがいわば上からつくっていったものだった。わたしたちの会が発足するころ、長崎ではすでに自然消滅ということだった。堺屋さんは、わたしたちが会を発足させたときの五人のメンバーの一人であるが、消滅してしまったほうの会で会長をなさっていたこともあった。

第一回原水爆禁止世界大会の二年前、広島に原爆が投下された八年目の記念日に、彼女は広島の「原爆乙女の会」の柴田田鶴子さんと電話で対談し、その内容が、当時の「毎日新聞」に報道されている。

柴田 ……そちらでも〝乙女の会〟を作られたそうですが、どんな有様ですの。

堺屋 去る五月十二日に作っていま会員として十六歳から三十歳までの未婚の女性二十名がいます。でも第一回の集まりでレコード・コンサートをやっただけで、その後まだこれといった具体的な計画はないの。そちらの〝乙女の会〟はどんなふうですの。一度そのことでお便りしたけれどまだ返事をいただけない。

柴田 アラそう。私たちネ、毎週木曜日の夜六時半に集まり聖書の研究をしたりいろいろと自分の体験や心境を語り合ったりしています。みな熱心で随分慰めにもなり力強い感じです。

堺屋 ……ところでそちらではずいぶん盛大な行事があるようですが。

柴田 慰霊祭や平和式典やら、市長の平和宣言やら、毎年原爆記念日がやって来る度にいろいろの行事をやっているけれど、身をもって恐しい目に会った私たちの気持ちにはなんとなくピッタリ来ない。そんなお祭り騒ぎをするよりも生き残った人たちの治療に十分力を入れてほしいと思う。

堺屋　同感だわ。整形手術の結果これまでマブタがひっくりかえっていたのが、もとのようになおったり、手がのびなかったのがのびるようになった人達の喜びがどんなに大きいものか口ではいえないくらい。

柴田　こんなみじめな惨禍を二度とくりかえさないよう〝二度と原爆を使わないで下さい〟と世界に向かって大声で叫びたい。

堺屋　広島や長崎では一瞬にして母親を失った者がいるかと思うと、被害を受けたのちずっと動けない人もいる。原爆の被害は一時的なものでなくいつまでも根強く被爆者をむしばんでゆく。その力はとっても恐しい。人類の幸福を根こそぎさらってゆくこの悪魔を永遠に世界から閉め出す必要があるわ。

舞いこんできたうれしい便り

わたしたちの「長崎原爆乙女の会」が発足してまもなくのころ、とつぜん、富山の高校生から三十数通の便りが舞いこんだ。わたしたちにとっては意外なことであっただけに、その喜びもひとしおだった。

「謹啓　樹木の緑の香りもただよい、梅雨雲の切れ間から洩れる陽光や青空は、最早初夏を思わせるようなこのごろ、貴地より遠くはなれた北陸路越中の国、高岡から原爆被害者の皆様にこうしてお便りができることを本当にうれしく思います。

終戦早くも十年の月日は流れて戦争の悪夢も日本国民否、世界の人々の脳裡からうすれがちな昨今、治療のための広島原爆乙女の渡米と、国民救援会が忘れられつつある原爆洗礼者に救助の手をさしのべているとの新聞記事を拝見して、さっそく私たち富山県立高岡工芸高等学校郵便友の会会員が手紙によりせめても皆様の心の慰めとなれば……と存じここに筆をもった次第です。

この私たちの誠意をこめて記した心づくしの慰問文を、各々御配布下されば幸いと存じます。――富山県立高岡工芸高等学校郵便友の会会長　山田公夫」

この手紙をそえて送られてきた高校生たちからのたくさんの「慰問文」は、いずれも心あたたまる内容で、「原水爆の使用・実験をやめさせよう」が基調になっていた。かれらは、わたしたちの会のことを知り、いろいろと討論をしたらしい。原爆問題を深く考え、行動していたようだ。わたしたちとの文通も、その一環であったと思う。

たとえば鍋田勝二君は、「私は三年ほど前、映画〝原爆の子〟をみた時の印象がいまなお心に強く焼きついて忘れることができません。ビキニの水爆実験による久保山さんの死、千葉君〔被爆者だった東京の高校生、友人たちのつくった『無限の瞳』という映画が全国で上映され、反響を呼んだ〕の死の報せは大きなショックでした」と述べ、さらに伏木にイギリス船の船員をたずねたとき「原水爆の使用と実験の禁止」を訴え、船員の一人が同意してくれたことを、喜びをもって伝えてきた。

また瀬川寿一君は、「私は小児麻痺で背中が曲がっていてみにくい。……それであなた方をじっと見ていられない」と自分をふりかえり、若いものが生意気をいうようで悪いがと断わって、自分は「どう悲しんだとて身体が治るものではない。せめて心だけでも正しく美しい人になろうと努めている。あなたも、原爆によって肉体はどう変わっていようと、心の底まで原爆とはいえ絶対に変えることはできなかったと思います」と書いている。

世界母親大会へのアピール

「長崎原爆乙女の会」が、最初の仕事のひとつとして、世界母親大会へおくったアピールは、みんなでつくりあげたものだが、文章のはしはしに若さが感じられ、いまよみなおすと、思わず苦笑してしまう。しかし、「乙女の会」としては思い出の深い、そして真剣味のこもったものである。

原爆一閃
浦上の地は廃墟と化し
七万余の尊い命が
一瞬にして奪われてしまいました。

しかし私たちは
火の海　血の海の地獄の中から
幸にも生きかえることが出来ました

火傷《ヤケド》にウジが湧き
膿がたまって
その臭気は周囲に満ちみちました

そして傷が癒えたその姿は
あまりにも醜いものでした

戦争とはいえ
そのような姿になろうとは
夢にも思ってみなかったことです

私たちは
この不幸や悲しみを
運命と諦めることはできませんでした。

戦争さえなかったら
原爆さえ落ちなかったら……と
幾夜泣き明かし
幾度死のうと思ったことでしょう

私たちの受けた傷害は
私たちを暗い卑屈な人間へと
追いこんで行きました

私たちは
社会の片隅で小さくなりながら

その存在を忘れられて生きて来ました
生活の問題が
私たちをオビヤカシました

傷があるため仕事にありつけず
ケロイドがあるため結婚が破綻したりしました
人間としての生活に見放され
暗い失望と悲哀の中に十年——
なんと永い月日だったでしょう

しかしこの苦しみは
自ら犯した罪の償いではありません
私たちが蒙ったこの悲惨な原爆地獄を
世界中の何処にも

二度と
絶対に
許さるべきでないと思います

戦争は
私たちの生活に
幸福をもたらしてはくれません

世界中のお母さん！

原爆乙女は心から平和を願っています

平和を守るため
いまや世界中の人々が
手をつなぎ合う時だと思います

世界中のお母さん！

私たちが住む平和な地球上を
これ以上
原子戦争や原水爆の実験で
汚さないようにして下さい

このアピールは、世界母親大会へ被爆者代表として参加した山口美代子さん（当時、長崎県職員組合婦人部長）に託した。そして、全文をわたしたちの機関紙「原爆だより」の創刊号にのせた。

山口さんには、アピールと一緒に、バラの造花を七十個つくり、それももっていっていただいた。わたしのつくったバラが、世界母親大会の提唱者であるコットン夫人の胸をかざったと聞かされたときうれしくて胸がいっぱいになった。山口さんが、出発前のあわただしい時間をさいて、わざわざわたしを訪ねてくださり、二人で励まし合ったことも忘れられない。

世界母親大会は一九五五年七月七日から四日間、スイスのローザンヌでひらかれた。「子どもを戦争の危険から守ろう」の一点で結ばれ、皮膚の色が異なり、言葉のちがう五大陸の母親が一堂に集まったのである。この歴史的なできごとは、わたしたちをふるいたたせた。山口さんは、大会議長団に選出され、二日目には原爆の非人間性を訴え、被爆後十年たった当時、なお原爆症によって生命を奪われていく被爆者の実情を報告して、全世界の母親に深い感銘をあたえたのである。

第一回世界大会への代表派遣

広島で第一回原水爆禁止世界大会がひらかれるというニュースを知って、みんながわたしの部屋に集まってきた。誰からともなく、「長崎原爆乙女の会」からも代表を送って、世界の人びと、日本の人びとに訴えようではないか、ということになった。しかし、わたしたちにはお金がなかった。社会的な活動の経験がなかったわたしたちに、お金をつくる名案がすぐ思いつかないのはあたりまえだが、話し合っていくうちにひとつの方法が考えだされた。それは、ちょうど開会中だった長崎市議会へ出かけていき、そこで議員さん一人ひとりに頭をさげて、寄付をお願いしようというのだ。さっそく実行に移すことをきめて翌日、またわたしの部屋に集まり、打ち合わせをしてから、市議会へおもむいた。わたしは留守番役でみんながもどってくるのを首を長くして待ちながら、どんな結果になるか心配でしようがなかった。自分も歩くことさえできたら、きっと一緒にとんでいっただろうに、と思ったりもした。

みんながもち帰った成果は、予想をこえるものであった。市長をはじめ議員さんたちのカンパは、わたしたちに自信をもたすに十分な額であった。市長が千円、議員さんは一人のもれもなく五百円ずつだしてくれた。当時の千円、五百円は、いまとちがって、かなりの値打ちがあった。

お金の工面は順調にすすみ、いよいよ世界大会へ代表を送ることになった。はじめは堺屋さんにぜひということだったが、ご都合がつかず、山口美佐子さんと辻幸江さんに引き受けていただいた。山口さんにしても、辻さんにしても、大勢の人の集まる場所にでて、しかも発言するということは、さぞかし重荷に感じられただろうと思う。出発前日の八月四日、わたしの家に集まって、かんたんな歓送会を開いたときなど、送る方も興奮していたが、代表の二人もずいぶん緊張した表情だったことを覚えている。みんなで、夜がふけるまで話し合った。

この歓送会を取材にきた記者とわたしたちの一問一答が「朝日新聞」(一九五五年八月六日付)にのっている。当時のわたしたちの考え方が、よくあらわれているように思う。

——被爆者にたいする国の補償について。

A　非戦闘員だから出さないと思うけれどなんとかしてほしい。

B　被爆後食べるために働かねばならなかった。生活が苦しくても相談相手もなく、ただ一人泣くばかりで、少し補助してもらえたらと思う。

C　病院で働いているけれど私の心の苦しみを訴える人がいないし、だれも分ってくれない。心の援助こそほしい。

D　(略)いつまでも原爆々々というなとしかる人もあるけれど、ケロイドの苦しみは到底分ってもらえない。(中略)こんなことで行先々どうすればよいかと暗い気持でいっぱい。

——結婚問題について。

A　いつの間にか十年もたち、結婚をあきらめているけれど、理解して下さる人があればとかすかに明るい希望をもちたい。
B　被爆者同士の温い理解が第一、必ずしも全部あきらめていない。だが見合いとか家のためとかの結婚なら必ず失敗すると思う。
C　結婚の話も終戦直後あったが、近所の人から被爆した人は結婚できないといわれたり、自分の足のケロイドをみると、人並みの結婚ができると一時は思っていた希望もいまはあきらめている。もし結婚しても相手の人を不幸にするばかり。
E　私は結婚より先のことを考えている。半身不随の身で母が生きている間はよいが、母が亡くなったらどうしたらよいかと…。働けるなら働きたいと思うが、編物をやっと覚えたが、これを続けても自活はできそうにない。この点国からの補償があればと思う。
——まだある原爆症について。
A　被爆者が十年後の今ぽっくりなくなられることを聞くたびに大きなショックを受ける。原爆のもたらす影響が明日はわが身にもと、ゾッとする。
C　心細いの一語につきる。
D　生活が苦しいためつい無理をして働く。これが人並みでない体にすぐ響いて、気

がねしながら休むが、いつ倒れるかと気が気でない。（略）

C　いま長大〔長崎大学医学部附属病院〕筬島内科に白血病で入院している森さん、荒木さんは入院費は市からでているが、食物は病院の分だけで、栄養には到底たりず、死を待つばかりだといわれる言葉をきくととてもつらい。

――治療対策について。

A　ＡＢＣＣ（注）から二、三回調査にこられたが、詳しいことは何もいわず〝異常なし〟といわれるだけ。これでは治療方法など見当もつかない。調査された被爆者はみんなモルモット代りにされたと不快な感じをもっている。こんな反感を買うようではいい調査結果は得られないと思う。

E　私は現代医学では治らないといわれたが、調査をうけて次の原水爆戦争に対する資料に使われたのではないかとさえ感じた。

〈注〉ＡＢＣＣ〔Atomic Bomb Casualties Commission〕＝原爆傷害調査委員会。原子爆弾による傷害の実態を詳細に調査記録するためにアメリカが設置した機関。

そして、代表として広島へいく二人から、第一回原水爆禁止世界大会に参加する決意がのべられている。

山口ミサ子さん 長崎は広島に比べて平和問題など非常に消極的だった。私は十年後のいま、いかに苦しんでいる被爆者が多いかを誠意をもって叫ぶつもり。

辻ユキエさん 世界中の人々の前で、私個人の悲しみだけでなく、原水爆禁止を強く打ち出して参ります。

八月五日、代表団が広島へむけて出発した。長崎の駅頭へは、堺屋さん、溝口さんの二人が見送りにでてくれた。見送ったあと、彼女たちはすぐわたしの家へたちよって、そのようすを話してくれた。おたがいに足が地につかない感じだったと、駅頭での感動を表現していた。

「乙女の会」代表の活躍

山口さんと辻さんは、「長崎原爆乙女の会」の代表として、第一回原水爆禁止世界大会の成功に大きく寄与した。広島から帰ってきた二人は、わたしたちの機関紙「原爆だより」第三号（一九五五年九月十日付）に、つぎのような「報告記」を書いている。

「〝日本の悲劇〟ともいうべきあの日から十年もの間、私たちにとって実に長い年月でした。そんな不安の中に、八月六日広島にておこなわれた原水爆禁止世界大会に代表として選ばれた二人は、一時私たちの醜いこの姿を世界中の人に注目されるのがつらく辞退しました。でも被爆者の皆様が〝この苦しみ悲しみを全国の方がたにわかっていただけるのはこの機会だからぜひ出席して下さい〟との必死のお願いで、被爆者はじめ皆様のあたたかい友情とご親切なる資金カンパのおかげで参加をさせていただきました。

出発の間ぎわまで、何か不安な気持ちでしたが、あの沢山のお見送りと〝原爆許すまじ〟の歌声に送られて元気づけられました。また車中でも皆様方に非常に親切にしていただきもったいないぐらいでした。五日広島に着くと同時に新聞記者からはいろいろな質問ぜめや写真をとられ、広島の原爆乙女の方がたともお会いしていろいろと話し合いましたが、最初はこれも一時のお祭り騒ぎに終わるのではないか、といやな気持ちで一杯でした。

六日の早朝、居原先生方に元気づけられて爆心地に向かいました。わたしたちが行った時はすでに数千人とも思われる人びとでまったくの黒山でした。いよいよ八時十五分、あの時の一瞬!! 黙禱を捧げ、長崎と同じ広島の方々の冥福をお祈りした時、知らず知らず落ちる涙はとめることが出来ませんでした。

大会では、広島〔被爆者〕代表、およびビキニの久保山すず夫人とわたしたち長崎被爆者にも発言を許されました。大会などこれまで生まれて一度だって出席したことのなかったわたしたちは、胸の中がいっぱいで、思ったことも十分いえない有様でした。広島の方はわたしたちの悲しい苦しい心をよく解って下さって、ただ壇上にたつだけでよいからと熱心にすすめられ、涙ながらに二こと三ことやっと発言いたしました。原稿もなく、体験をお話しようとすれば、涙が先に溢れ出てどうすることもできませんでした。

でもあの数千人の方がたは、わたしたちの言葉につよく心をうたれ、深く同情激励して下さいました。外国代表の方々も、わざわざわたしたちのところまで来て下さってかたい握手をし、手を取りあって平和を守ることを約束してくださいました。わたしたちは、苦しみとたたかいながら生きてきた十年間が、平和を守るシンボルとなったことを思い、ただ嬉しさに涙があふれるばかりでした。この喜びをたった二人だけで長崎の被爆者全部の人に味わわせられないのが残念でした。

大会終了後、さっそく地元広島はじめ徳島、東京、長野、佐賀の代表者の方がたが、わたしたちのところにおしかけてこられました。原爆乙女にたいする同情はとくに深く、徳島県の方からはその場で多大なる資金カンパをいただき、長野県の方からは是非長野の大会にも出席して原爆の恐ろしさを県民に伝えてほしいとのありがたいお言葉をいただきました。各県の皆様方より激励され、力づけられたお言葉を深く胸に秘めながら広島に別れを告げました。

途中、佐賀県代表の方からぜひ立ち寄ることを希望され、佐賀駅で下車して佐賀の大会にも出席しました。ここでもちょうど広島と同様とても熱心に平和を守る方がたばかり……どこへ行ってもわたしたちと同じ気持ちの方ばかりと感激に涙して帰途につきました。

車中でもわたしたちは広島、佐賀でのあの大会の気分が忘れられず、一時も早く帰って長崎の方がたへお伝えして喜びを分かちあいたいばかりでした。行く時と帰る時の顔色さえ違って来たといわれるほど明るい気持ちでした。

わたしたちは広島大会に出席させていただき、世の中がとても広くなり、多くのお友だちが沢山できたようであり、急に世の中が明るくなってきました。あのような多くの方がたと一丸となって平和を守って行けると思えば〝この十年本当に生きていてよかった〟と未来の幸福を感じました。私たちにもきっとしあわせは来ます。今後も皆さまとしっかり手をとりあい、心から平和を願って、二度と再びあのような恐ろしさをくり返さないようがんばろうではありませんか。」

山口さんと辻さんが広島から帰ってきてから、わたしたちの周囲はいちだんと活気づいた。わたしの家には「乙女の会」以外の人びとも、ひんぱんに顔をみせるようになった。とくに長崎経済大学の学生であった江頭泰雄さんなどは、まったく誠実に、「乙女の会」を援助してくださった。また、学生たちの「わだつみの会」、労働者を含めた「平和を守る会」などの会合も、わが家でひらかれるようになり、このことが、わたしにとっては社会への窓となり、長いあいだ、貝のように殻《から》にとじこもっていた生活を解放するのに役だったように思う。

山口さんと辻さんが広島から持ち帰った「お土産」は、精神的なものだけでなく、カンパも金額にして十万円ほどいただき、当時のわたしたちにとってはたいへんありがたかった。「乙女の会」の財政がいっぺんにうるおって、活動範囲をひろげることもできるようになった。

長野からの招待状

大会の余韻もまださめないうちに、ひきつづき、長野県から「乙女の会」に招待状が送られてきた。原水爆禁止長野県大会に「乙女の会の会員三名にきていただいて、実情を訴えてほしい」という依頼をかねたものであった。わたしたちは、できるだけ厚意にこたえようとしたが、どうしても辻さん以外は都合がつかず、こまってしまった。そこでとりあえず他の二人は、会員以外の人に協力してもらおうということになった。まずは江頭千代子さん（当時、仁田小学校教員）にお願いして、快諾をえた。のこりの一人は、山口仙二さんにお願いしてみよう、ということになった。

あとでみんなで大笑いしたのだが、〝乙女の会山口仙二さん〟誕生のいきさつを書いておこう。

そのころ、仙二さんが長崎大学医学部の下の饅頭屋さんで働いていることは、みんな知っていた。そして、わたしと同じように「学徒報国隊」として動員されているときに被爆し、原爆を心からにくんでいる人であることも、みんな知っていた。わたしたちの代表としてふさわしい人であること、信頼できる人であることは、全員の認めるところだった。

そこで辻さんと山口（美佐子）さんの二人が、仙二さんの職場に出向き、「乙女の会」の代表として長野へ行ってほしい、と頼んだのである。仙二さんは即座に承諾してくれた。

いよいよ三人の代表がきまったとき、仙二さんが自分の名刺をつくってきた。

長崎原爆乙女の会
山口　仙　二
連絡先＝長崎市油屋町52　渡辺方

これが仙二さんの名刺である。

この名刺をみてから、わたしたちはやっとそのおかしさに気づいた。いままで自分たちがまったく気づかなかったこと、そのあげく仙二さんを〝乙女〟にしてしまったことのこっけいさに、みんな笑いころげた。当の仙二さんも、わたしたち「乙女」にひきこまれて、愉快そうに笑った。

長野大会におけるわが代表たちの活躍ぶりは、「原爆だより」第四号（一九五五年十月十日付）に報じられている。

○長野大会（参加人員三千名）は林知事はじめ全県的代表大会として熱烈そのもの。可愛い振袖姿の小学生六名が長崎・広島の被爆者に一人ずつ激励の花束を贈り、〝原爆許すまじ〟の大合唱で開会した。上山田（四十名）では〝夕焼け小焼け〟など土地の有名な童謡・民謡をみんなでうたい本当に心から結び合い、上諏訪（二千名）、下諏訪（二千名）、伊那市（三千名）などどこにいってもあふれ出す涙もぬぐおうともしない熱心なかたたちが板の間にじっとすわっており、平和への決意は石よりも固くなった。

○長野の土をはじめて踏んだ翌朝、まだ夜も明けきらぬ五時半に起きだして善光寺参りに出かけた。皇后様の弟にあたる大勧進様が原爆犠牲者の供養をなされ、〝十年間大変な御苦労だったでしょう。今後も力を落とさずに生きて下さい〟と励ましのお言葉をいただき、私たちの姿が見えなくなるまでいつまでも見送られていた。

○〔八月〕二十九日夜、篠ノ井町円福寺の集いにはお坊さんはじめ学校長、労働者、お百姓から警察署長も、共産党の人たちも、仲良くひざを交えて話し合い、とうとう夜中の一時半になったが〝さあ帰ろう〟と立ち上ってからまた一とき話がはずんだ。

○　最後の会場、伊那市でのこと。被爆者を中に囲んで伊那節を全員が愉快に踊り、被爆者のみんなに伊那節会長の熊谷さんが本場の特別免状をうやうやしく伝授。

○　会場ごとに疲れを忘れて〝平和〟を叫んだ山口仙二さんは顔の形も変わるほどのひどいケロイドです。山口さんに美しいお嫁さんをと「桑の実会」の会員の野溝佳子さん（十八歳）は徹夜でつくった花嫁人形を九月一日の朝、伊那駅を去る山口仙二さんの手にしっかりと渡した。

長野から帰ってきた仙二さんは、その感激のさめやらぬ間に、「長崎原爆青年の会」の結成をおもいたち、奮闘することになった。

ちょうど一ヵ月たった十月一日、仙二さんの努力が実って、「長崎原爆青年の会」が結成された。会長には仙二さんみずからがなり、十四人の会員でもってスタートした。そして、もうこのころには会員が三十一人になっていた「乙女の会」と手を結び、自分たちの健康管理をはじめ、就職、結婚などの生活問題、あるいは文化活動と真剣にとりくんでいくことが約束された。もちろん、わたしたちの義務として原水爆禁止をひろく世界に訴えていく熱意をさらに燃やしていくことも……。

機関紙「原爆だより」

「長崎原爆乙女の会」の機関紙「原爆だより」の発刊は一九五五年七月二十日である。ワラ半紙を二つ折りにした六ページだて、ガリ版刷りのまずしいものであった。

「発刊のことば」は、つぎのように述べている。

「原爆十周年を前に〝原爆だより〟が発刊できましたことは、私たち原爆被害者としての最大のよろこびでございます。（中略）

〝平和〟を原子兵器の優劣で保とうとする力の上にたっての平和政策からうまれてくる原水爆実験――このため私たち同胞の久保山〔愛吉〕さん以下二十余名の恐ろしい犠牲を出しなおくり返されようとしています。

　原爆がいかに恐ろしいものであるか

　原爆がいかに根深いものであるか

　原爆がいかに非人道なものであるか

私たち同胞はもちろんのこと全世界の人びとに訴え、二度と再び人類が経験することのないようにお互いが話し合い、手を取り合って恒久平和のために、新しい平和を築くために一歩一歩進みたいと思います。

この度富山県高岡工芸高等学校〝郵便友の会〟の皆様から三十余通の手紙が原爆被害者あてにまいりました。私たちはこれらの人たちの力強い励ましに感謝し、勇気づけられ、明るく、強く生きようと誓い合っております。そしてまた、これら明るい便りを多くの人びとに読んでもらったら、なおいっそうの意義があるのではないかと思い、こうして発刊の形をとったわけでございます。

今後私たちは『原爆だより』を心のともしびとして、このはげしい世の中を強く明るく生き抜くため、全国あるいは世界の良心から寄せられることば、また私たち原爆の長崎からの叫びを引き続き発刊し、平和のささやかな力に貢献したいと考えております。」

創刊号の編集には、おもにわたしの家がつかわれた。したがって、編集その他の連絡先は、わたしの住所が刷りこまれている。

「原爆だより」の反響は、私たちの想像をはるかに越えたものだった。八月九日——長崎が被爆した記念日に、全国から「乙女の会」にあてて、たくさんの便りがとどいた。そのいずれもが「原爆だより」を激励してくれていた。

八月十日付の第二号では、ヘルシンキ世界平和愛好者大会にあてたバートランド・ラッセルの「人類に残された道は二つしかない、和解による平和か、墓場の平和かである」というメッセージをイントロに用い、「乙女の会」あてのたくさんの便りのなかから若干をえらんで、五十音順に掲載した。

その中の一編、作家の阿部知二さん（故人）のものを紹介しよう。

「歴史のながい間、日本と外の世界との結び目であった長崎、宗教に文化に、平和裡に日本と世界とが交流する、その門口であった長崎――そのような使命こそ果してきた長崎が、原爆の火に焼かれたということは、いいようのない悲しみをあたえます。そして、まだその苦しみがみなさんの中につづいているということを聞くとき、私はただ、何ごともみなさんのために尽し得ぬことをおわびしながら、みなさんとともに、世界の平和への努力を誓うことを以て、ごあいさつに代えさせていただきたいと思います。」

さらに第三号は、「森さん一家にあたたかい救援の手を」と呼びかけている。それに第一回原水爆禁止世界大会における宣言の全文。

「青年の会」との合同

一九五六年五月三日、わたしたちは、それまで長崎で唯一の被爆者の組織であった「長崎原爆乙女の会」を発展的に解消し、「長崎原爆被害者の会」（仮称）の結成を提唱した。そして、このよびかけがきっかけになって「青年の会」との合同がきまり、「長崎原爆青年乙女の会」が誕生した。その後、機関紙も「原爆だより」から「ながさき」に改題され、ガリ版刷りから活版印刷へとすすんだ。

編物グループ

「長崎原爆乙女の会」が結成される一年ほど前に、母は履物商のわずかばかりの売りあげから、わたしのために編物機械を買ってくれた。九年の苦しい生活と看護の苦労で、シワが目だってきた母の顔も、その日ばかりは、とてもうれしそうだった。箱からとりだされた新しい機械が、電灯のもとでピカピカ光っていたことを思いだす。

せっかく買ってもらったものの、はじめて見るこの機械を、どう組みたて、どう動かしたらよいやら、さっぱりわからない。なでてみたり、おそるおそる針をさわってみたりしているわたしに、母は『機械編みの手引き』というぶあつい本をわたしてくれた。四キロもある重い機械を台の上にのせてもらい、本をたよりにハンドルを動かそうとするのだが、「カチン」と金属音をたてるばかりで、思うようにならない。「店の人が動かしているのをみていると、リズムにのっておもしろいほどだった」と、母はかたわらから口をはさむ。やっと動いたと思うと糸目が針からはずれるし、はずれた目をひろうのがまたやっかいな仕事だ。はずれた目が針にうまくかからず、百六十本の小さな針がかさなり合って見えてくる。

だいぶ時間がたってしまった。わたしは三時間ぐらいしかすわりつづけることができない。無理をすれば、骨折したところが痛んでくるし、うっかりすると床ずれができてしまう。だから横になる時間だけは、どうしてもまもらなければならない。そこで、機械を台からおろして枕もとに据《す》えてもらい、腹ばいになって左腕の力で上半身をささえ、右手でハンドルを動かす稽古《けいこ》をしてみた。しかし、片腕のささえではすぐに疲れてしまい、ひたいには汗がにじむ。それをみた母は、びっくりして機械をとりあげてしまった。時計をみると、もう夜の一時を少しまわっている。ひんやりとした夜ふけ、虫がしきりに鳴いているだけだった。母が電灯を消し、眠ろうといったが、わたしはなかなか寝つかれない。ずっしりと重たい編物機械にたいして、ささえが背後にないとすわれないわたしの身体と青白い細い手が、あまりにも対照的で、けっきょく自分には使いこなせそうにもないと悲しくなった。機械を買ってもらった最初の日から、人並みにできないくやし涙がいくすじも枕をぬらした。

その後も、「こんなにむずかしかったらはじめるんじゃなかった」と考えたことが、いくどかあった。でも、母がせっかく苦労してためた一万円で、この機械を買ってくれた気持ちを思うと、簡単に投げだすことはできなかった。一ヵ月ほどたったころ、やっと一枚の黄色いセーターを編みあげることができた。何回かの失敗で毛糸は汚れ、糸はすれて細くなり、いたんでいた。手編みの上手な母は、私の編んだセーターを手にとって、はじめてにしては基礎がしっかりしており、一ヵ所のまちがいもないとよろこんでくれた。その夜は、母の手製で心ばかりの祝いの赤飯をたいた。

第一回原水爆禁止世界大会後、「私たちは、もうけっして一人ぽっちではない」と自覚し、就職、結婚などの問題についても、被差別意識ばかりではだめだと気づきはじめていた。そして、より強く生きていくためには技術を身につけなくてはと、みんなで考えるようになった。

そんなおりに、長崎県原水協の援助で十二台の編物機械が購入された。その編物機械を中心にして、「長崎原爆青年乙女の会」の編物グループが生まれたのである。このころわたしたちの会も、男の会員を加えて六十人ほどにふくらんでいた。そして会員一同、第二回世界大会の準備に大わらわだった。

編物グループは、第二回世界大会の成功のための活動に参加しながら、将来の不安とたたかうために、機械編みの練習をはじめた。講師として木下澄子先生（当時、長崎市婦人青年相談員）が献身的に指導してくださった。夏になると、セーターなどの毛糸物は需要が減るのに、木下先生が町の婦人会の積極的な協力をとりつけてくださり、注文がとまることはなかった。

グループのわたしたちも、この厚意にむくいるため、そして一人の落伍者もださないために、規約（長崎原爆青年乙女の会更生部規約）をきめた。
一、講習会に出席できる人を会員とする。
一、編物機械は一括して「乙女の会」の資産とする。

一、会を運営するため、会費を二百円必ず納め、未納した場合は会の材料を編み、それを会費にあてる。

一、機械代は三ヵ月の間に返済し、それによって個人所有とする。

「ああ重かった、手がしびれてしまったわ」と、Kさんは編物機械をドサッとほうるように置く。いつも包帯をまいているが、彼女の左腕はひどいケロイドで、原爆のせいか疲れやすく、重いものを長時間もてないのだ。徒歩十分はかかる停留所からさげてくるのだからたいへんだ。……

しかし、わたしの家でひらかれる編物講習会の雰囲気は明るかった。いつもにぎやかで、どちらかというと、編物のすすみ方より口のほうが多いくらい。もっとも、つぎつぎにニュー・デザインを考えなければならないし、すっきりと仕あげるためには、技術を上達させなければならないから、仕事のほうも真剣にならざるをえなかった。こうして、「原爆乙女」の前にたちはだかっているように思えた壁はしだいにとりはらわれ、みんなの表情もさわやかさと自信にみちてきた。

わたしも、木下先生のおかげで、編物を指導する資格をとることができた。グループがつくられてから二年目に、木下先生が東京に転勤されたため、資格をもっているわたしと辻幸江さんが、グループの責任者となり、週二回の練習日をつづけた。みんなで仕事をしながら、木下先生の好きだった「しあわせの歌」をハミングしたりした。その歌声は、ベッドにいるわたしの気持ちを、明るくしてくれた。

木下先生は、前に書いたように編物の講師ばかりでなく、「生活を綴る会」の指導もしてくださった。その後、わたしが第四回原水爆禁止世界大会に参加するために上京したおりにも、いっさいの面倒をみてくださった。非常に快活な方だったが、ある新聞の座談会で、こんなことを話されたことがある。

「あそこの娘さんは人が行くと白い目でじっとにらむから、行かないほうがいいなどといわれましてね。おあいしてびっくりしたのですが、人と話したことのない千恵子さんはぶるぶる震えているんです。こういう人がいるのを知らないで過ごしてきた、申しわけないことをしたという気持ちでいっぱいになりました。」

その木下先生も癌で亡くなってしまった。まったく残念でならない。

5

原水爆禁止運動とわたし（その一）

「原爆公開状」

八年目の長崎原爆記念日、一九五三年八月九日に、わたしは「原爆公開状」を書いた。これが、わたしの書いた文章としては、はじめて活字になったものである。

「八年ぶりに長崎大学で診察を受けました。これまで大学からもＡＢＣＣからも一度だって病状を聞きにきてくれたことはなく、一人さびしく新聞だけを唯一の楽しみに生きてきました。新聞でみると、先ほど富士のすそ野でおこなわれた保安隊の演習費が一千万円かかったというのに、原爆障害者の治療費は広島・長崎両市で年間わずか二百万円という現状を、なんとか政府でも考えていただきたいものです。」

また、第一回原水爆禁止世界大会がひらかれた一九五五年には、「毎日新聞」（八月六日付）に、つぎのように寄稿している。

「食糧も思うようにいかぬあの〔敗戦〕当時のこと、下半身不随のため、外出はもちろんのこと、主食物に注意しないとすぐ下痢を起こしますので、病人用の特配を市役所に交渉しましたところ、医者の証明をもってくるようにとのことでしたので、さっそく医師の証明書を提出しましたが、わたしのような病体には法律が認めないとの冷たい回答でした。学徒報国隊として強制的にかりたてられ、しかも不具者となった今日まで、米の特配さえもらえぬばかりか、国からなんの保障もなく、戦後のはげしいイバラの道をたどってきました。

原爆障害者のなかで、治療を必要とする人びとには一日も早く国から治療費を与えることを希望するとともに、治療の方法のない不具者にも生活を保障する法律ができてほしい、と心から願っています。

戦後、〝ピース・フロム・ナガサキ〟といった美しい言葉、国際文化会館という立派な建物、平和祈念像のような巨大な像が生まれ、長崎は原爆観光都市になったような感じがしてなりません。ただたんなる外面的なもので、真の平和を築くことができるでしょうか。

わたしは被爆十周年をむかえて、〔被爆者にたいする〕保障の問題と、二度と再び過ちのくり返されることのないよう切に希望いたします。
終わりにヨハンネス・ベッヒャーの詩を記しておきます。

「平和をたたえる私は
平和をたたえ
平和をおびやかす　すべてのものに反抗する
たとえそいつが　どのような仮面をかぶってあらわれてこようとも
しかし　ただ平和をたたえるだけでは
平和がなりたつために役立ちはしない
なぜならば
平和をただたたえるだけでは　戦争屋どもをおさえつけ
かれらがいろいろの仮面をかぶってあらわれるのを　ふせげはしない
しかし　わたくしは
平和をたたえると同時に
いっさいの戦争屋どもに反抗し

かれらをたたきつけてやるために
そして　平和を愛する　すべての人びとを助けてやるために
全力をつくしてたたかうのだ」

第二回世界大会へむけての準備

「長崎原爆青年乙女の会」の会員も、一九五六年八月の第二回原水爆禁止世界大会を長崎にむかえるころには、百人ほどになっていた。そのために活動も活気づき、歌声サークルにも参加するほどになっていた。

第二回世界大会をむかえるにあたって、わたしたちは、長崎県原水協の仲間と一緒にいろいろと創意をこらして活動した。たとえば、造花の特技をもっている人に、その技術を習って造花をつくり、あるいは、鉛筆に「第二回原水爆禁止世界大会記念」と印して子どもたちにも呼びかけたりした。もちろん、街頭へ立っての宣伝・署名・カンパ等の活動も精力的におこなった。わたしは、街頭での活動には参加できなかったが、当時、家が長崎市の繁華街にあったため、自分の部屋は、街頭に立つなかまの集合場所となり、カンパ箱や署名用紙もいっぱい置かれていた。

長崎の市民は、第二回世界大会に好意的であった。商店街は、大会歓迎のアーチ、たれ幕、ポスターをかかげてくれた。デパートも、包装紙に「歓迎　第二回原水爆禁止世界大会」と印刷するほどの熱の入れようであった。

新聞・ラジオの取材も日を追って激しくなり、わたしの周囲も、記者の目によって「監視」されるようになっていた。どんなささいなことであっても、すぐさま報道されたりした。

この活気づいた長崎を、人びとは、「島原の乱」以来のことと表現した。

島原の乱は一六三七（寛永一四）年に有馬村の農民が年貢納入期を目前にして代官と衝突したことにはじまり、それがたちまち島原一帯の農民の決起をうながし、ついに藩権力をくつがえすにいたった。約一ヵ月間にすぎなかったとはいえ、領民が天下をとったのである。また、これに呼応して、天草四郎時貞を統領とする天草民衆も蜂起し、島原・天草両藩の領民が統一して圧政とたたかい、農民軍の攻勢によって一時は勝利寸前までいったが、けっきょく鎮圧され、無残な敗北に終わった。しかし、民衆の大きな犠牲はけっして

第２回原水爆禁止世界大会参加の「青年乙女の会」の代表たち

犬死ではなく、かれらは封建制度をゆりうごかし、島原についていえば、それ以後、収奪が緩やかになり、長崎県内でもっとも豊かなところとなったといわれている。

いまでも長崎の人びとは、英雄・天草四郎時貞が好きだ。そして、島原の乱の民衆のエネルギーを名誉にしている。そんなことから、島原の乱に匹敵するようなエネルギーを、第二回原水爆禁止世界大会にみたのであろう。わたしも興奮した。いまでも、そのときの気持ちがわたしの生きていくささえのひとつとなっているように思う。

前にも述べたように、わたしは第二回原水爆禁止世界大会の開会総会で、長崎の被爆者を代表して訴えたが、それは、つぎのような内容であった。わたしにとっては、最初の公的な発言であるので、全文を記録しておきたい。

「わたしは長崎原爆青年乙女の会の渡辺千恵子でございます。

長崎大会は、わたしにとって二度とないよい機会でございますので、母の手を借りて出席さしていただきます。

大会にご出席の皆さま、みじめなこの姿を見てください。わたしが多くを語らなくとも、原爆の恐ろしさはわかっていただけるものと思います。

学徒報国隊のとき原爆にあい、鉄筋のハリの下敷となって、腰から下がぜんぜんきかなくなってしまいました。上半身だけで生きつづけているわたしは、母なくしては生きていられないのです。なんでわたしたちは苦しまなくてはならないのでしょうか。

いくたびか死を宣告され、いくたびか死のうとさえ思ったわたしでしたが、母の愛にはどうしても勝つことができませんでした。十年間、まったくかえりみられなかったわたしたち被爆者は、昨年の広島大会で初めて生きる希望がでてまいりました。これも皆さまがたとわたしたち被爆者とがしっかりと手をにぎることができたからではないでしょうか。皆さま、ほんとうにありがとうございました。

今年の春、映画〝生きていてよかった〟のロケに出演したのがきっかけとなって、わたしは被爆後十一年目に、はじめて長崎が原爆の廃墟から復興した姿を、この目でみることができました。

わたしが被爆した三菱電機へも行ったのですが、あの日のしっしゃげた（ひしゃげた）鉄骨も、暗い工場もすっかりかわって、今は明るい近代的工場がどうどうと立ち並んでいました。でも、わたしの青春はもう二度ともとの姿に返ってこないのです。それなのに工場のすぐ前の港には、不気味なまっ黒い煙をもくもくと吹きあげている軍艦をみたとき、戦争の予感さえ感じ、十一年前の今日の日が、ハッキリと思い出されてなりませんでした。

原爆犠牲者はもうわたしたちだけでたくさんです。原爆はわたしの身体を生まれもつかぬかたわにしてしまいましたが、わたしの心までも傷つけることはできませんでした。最後にわたしは先日、原爆のいけにえとして、現在長崎大学病院に入院しておられる患者さんをお見舞いさしていただきましたが、白血病のために何回か死線をさまよわれ、いまは腹が大きくはれあがって、明日の命さえわからず、原子病のお薬が一日もはやくほしいと、またほかの患者さんは自宅療養七年で、商売も破産し、どん底の生活のため二人の幼い子どもさんは、ベッドの下で患者さんの残飯で生きておられ、生活の保障をなによりも痛切に訴えておられました。これは全国被爆者みんなの願いなのです。

世界の皆さま、原水爆をどうかみんなの力でやめさせてください。そしてわたしたちがほんとうに心から、生きていてよかったという日が一日もはやく実現できますよう、お願いいたします。」

（一九五六年八月九日）

日本被団協の誕生

この第二回世界大会のなかで、日本原水爆被害者団体協議会（日本被団協）が誕生した。わたしは、その「結成大会宣言——世界への挨拶」を寝床のうえで読んだが、「わたしたちがこのような立ち上がりの勇気を得ましたのは、まったく昨年八月の世界大会のたまものであります」というくだりに共感し、また、「原水爆の被害を受けた者どうしで助け合いはげましあって治療、生活、その他の問題を解決するための運動をおこないます」、「原水爆の被害を全国および全世界に訴えるとともに、この被害を受けて苦しむ人の出ないように原水爆禁止運動をおこないます」という方針にはげまされた。わたしたちが手さぐりですすめてきた「長崎原爆青年乙女の会」の運動も、けっして孤立したものではなく、全国的な運動のなかに正しく位置づけられているという自信がもてて、非常にうれしかった。

瀬長亀次郎さんの演説に感激

第二回世界大会は、わたしにとって目のさめるような経験の連続であったが、とくに本会議でおこなわれた瀬長亀次郎さんの演説には、ひどく感激した。

それまで、わたしは瀬長さんのお名前すら知らなかったのである。

「沖縄代表、瀬長亀次郎さん」――議長の紹介で細身のからだを壇上にはこんだ人。その人の演説を聞いているうちに、演説者のからだ全体が沖縄を体現しているように、わたしにはみえてきた。顔に深くきざまれたシワ、不屈の闘志をたくわえたような口ヒゲ、鋭いまでのまなざし。瀬長さんは、つぎのように訴えた。

「太平洋の一大強制収容所沖縄、最も恐るべき原子兵器を貯蔵している沖縄で、八十万県民がうけた耐えがたい苦しみと屈辱を報告します。

アメリカの十一年にわたる暴虐な占領支配のなかで、八十万県民は数限りない人権じゅうりんをうけています。たとえば伊江島では七月十二日、アメリカの飛行機が空中からガソリンをまき、三日三晩にわたって三十万町歩の山と丘と畑とを燃やしました。三百年の樹齢をもつ松、牧草、収穫を待つさつまいも、落花生は全滅しました。しかしこげても大木は厳として立っています。あの大木のように一寸の土地も外国人に売り渡してはいけない。県民の団結はいっそう固まりました。(中略) アメリカはこの焼打ち事件の原因を射撃場の観測ができないからといっているが、さつまいもはいかにのびても一尺以上にはのびません。落花生も同じです。いかにアメリカの農業科学が進んでも、いもの葉を三丈四丈にのばすことは不可能であろう。だのに演習の射撃のじゃまになるといって、われわれのつくったいもを焼払ったのである。これは原水爆基地の構築と拡張の力の政策が八十万県民を含めた九千万祖国同胞にたいする一大挑戦であり、世界の正義と人道と二十世紀文明にたいする一大挑戦であります。

八十万県民はこの大会に次のことを希望しています。第一に原水爆基地の拡張を許さず、沖縄における原水爆基地をマヒさせる一切の努力をこの大会が払ってくれること、第二に何らの係争権もなく人権をふみにじられ、しめ殺され、焼殺されている八十万県民に、何らかの形で世界の正義と文明に照らして、アメリカの力の政策、原水爆の政策を停止してもらいたいこと。第三にこの大会が恐るべき原子兵器の製造、実験と貯蔵をくいとめ、軍備縮小を完全になしとげて勝利を得られるように。われわれは現地に帰り、島ぐるみの闘い、土地防衛四原則貫徹、対米総抵抗運動をいっそう進める覚悟であります。祖国の同胞に願いたいのは、国民運動として、原水爆の脅威下におののく八十万県民とともに手をにぎって立ち上がる国民組織をつくってともに闘っていただきたいということです。さらに世界各国の代表にもわれわれの闘いを認識され、日本国民の独立と平和の闘いにともに立ち上って下さるよう希望します。」

沖縄を知らないわたしでも、現地の情景が目の前に浮かぶようだった。瀬長さんの言葉を一言もききもらすまいと極度に緊張した。短い演説だったが、わたしは、沖縄の心と被爆者の心のふれあいを実感した。それからというもの、すっかり瀬長ファンになり、沖縄ファンになった。

はじめての沖縄代表として第二回原水爆禁止世界大会に参加した瀬長さんは、その二年前(一九五四年)、アメリカの占領軍によって投獄されていた。当時、占領軍にとっては、沖縄にミサイル基地を建設することが急務であったため、基地建設労働者のストライキ、土地強奪に反対する農民闘争の先頭にたつ人民党が目の上のコブのような存在だったのである。かれらは、機会あるごとに弾圧をくわだてた。立法院議員であった瀬長さんも、「犯人隠匿幇助《いんとくほうじょ》」の疑いで逮捕されてしまった。

かつて日本帝国主義が「満州」侵略を開始したとき、二十四歳だった瀬長青年は、「戦争に協力せず、好ましからぬ者」として、投獄されている。したがって瀬長さんは、侵略者によって二度も投獄されたわけだが、平和を望む国民によって「投獄」されたことは、ただの一度もない。それどころか、第二回世界大会に出席された年の十二月二十五日、ひどい弾圧のなかで、みごと那覇市長に当選し、アメリカ占領軍を仰天させたのである。

瀬長さん、がんばりましょう! わたしは、ひとりで思わずさけんだ。

東京行きの決意

「よく透った女声合唱が〔一九五八年〕八月九日の午後一時ちかい長崎駅一番線のプラットホームにこだました。『原爆をゆるすまじ』の歌だ。

あれからちょうど十三年。この日もあの恐ろしい日のように、長崎上空は夏の太陽がぎらぎらと照り渡っていた。歌声に送られてホームからお母さんのすがさん（六一）の腕にしっかり抱かれ、東京行特急『さちかぜ』に乗りこんだのは、十二日から東京でひらかれた第四回原水爆禁止世界大会に、長崎から正式代表の一人として出席する渡辺千恵子さん（二八）である。

『渡辺君、元気でね！』

『千恵子さん、がんばって！』

長崎原爆青年乙女の会、長崎原爆母親の会、動員学徒犠牲者の会、草の実会、生活綴り方会など数十名の見送り人の激励を受けて、車窓から一人ひとりに、やせ細った腕でかたい握手をかわす千恵子さんはあふれ出る涙をこらえかねていた。」

これは、東京でひらかれた第四回原水爆禁止世界大会に参加するわたしに同行した角田秀雄記者が『週刊朝日』(一九五八年八月二十四日号)に書いた文章の冒頭の部分である。角田記者は、長崎駅から東京駅、さらに世界大会本会議場の早稲田大学体育館まで、わたしたちと一緒だった。

わたしが第四回世界大会参加のため東京へ出ようと決意したのは、「原水爆禁止世界大会は、もう日本ではひらかれない」と聞かされたので、とすれば、わたしにとってこんどが最後のチャンスと思いこんだからである。それに、前年の第三回世界大会にも参加したかったが、あいにく肺炎ですっかり身体がよわっていて断念した事情もある。

しかし、いかに気ははやっても、やはり、はじめての遠出になるので、そのころお世話になっていたK先生に相談してみた。先生は、診断の結果、「だいじょうぶ」という太鼓判をおしてくれたので、さらに決意をかたくした。

ところが、わたしを長崎の代表からはずそうという動きが一部にあった。表面上は「健康が心配である」という理由であったが、あとで聞いたところによると、自分では気づいていなかったけれども、当時、わたしの家に出入りし、親身に世話をしてくださった方がたのなかに共産党員がいたらしく、それを快《こころよ》く思わなかった人の妨害であったらしい。出発前夜に、ようやく代表団の一員として参加するように、との連絡があった。

わたしは、もし代表としてえらばれなかったら、個人としてでも参加するつもりだったので、あまりくよくよしなかったように思う。ただ、身体がへこたれてしまって、あとから批判されるのがいやだったので、健康には十分注意した。出発前にK先生に栄養剤の注射をうってもらい、気をつよくして出発した。つきそいとして、母が同行してくれたが、母は「長崎原爆母親の会」の代表でもあった。

列車が長崎駅を静かにスタートして一時間くらいだったろうか。わたしはピタリと車窓にすいこまれた。小学校の修学旅行以来じつに二十年ぶりでみる景色、文字どおり大きな絵画を思わせる、美しい大村湾や有明の海があった。「生きるということはこんなにすばらしいもの」と思わず口をついてでた。広島は夜の九時ごろ通過した。寝台車の窓から、ほんのりと明るい広島の夜景をみた。長崎と同じ運命をたどった都市、しかし、わたし自身はまだ自分の目でたしかめたことのない街並みを想像しながら眠りについた。

翌朝五時に目をさまし、ぜひ富士をみたいと待機していた。二時間くらいたって、車窓の左手にみえるはずの富士は、そのすそ野まですっぽり雲におおわれていてちょっと残念だったが、帰りに望みをかけることにした。

九時ごろ、朝の通勤客でごったがえす横浜駅に到着すると同時に、たくさんの報道陣がのりこんできて、いっせいにカメラのフラッシュをたくのでびっくりしてしまった。そして、インタビューぜめ……、静かな旅が一瞬にしてやぶられたのだった。

九時三十分、東京駅についた。なつかしい人びとがわたしをむかえてくれた。長崎でお世話になった木下澄子先生と目があった瞬間、思わず涙があふれてきた。たくさんの人びとからの心のこもった激励のことばに、わなわなふるえる思いだった。

第四回世界大会(東京)へ参加

第四回世界大会には、長崎県からも、「青年乙女の会」から推薦されたわたしをふくめて被爆者代表十五人が参加した。福田須磨子さんも、ご一緒だった。第二回世界大会のとき、ただただ被爆者の悲惨さを訴えたいという気持ちだけで壇上にのぼった自分だったが、あれから二年たち、被爆者も感情だけにすがっている時代ではないと考えるようになっていた。そして、緊急を要する被爆者医療法の改正や長期療養者の生活苦の問題を訴えたい

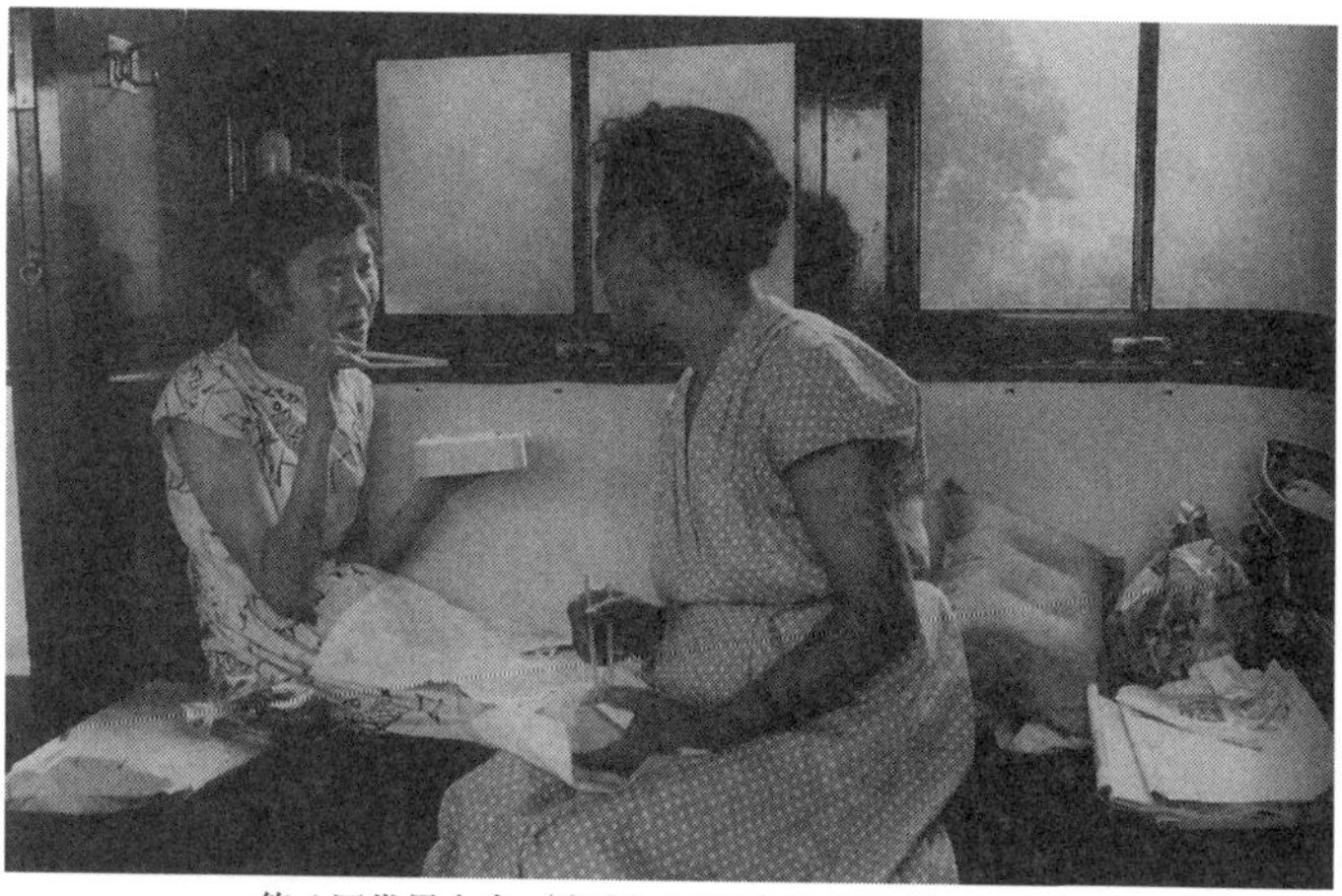
第４回世界大会（東京）に向かう夜汽車での夕食

と思っていた。

この被爆者医療法は、被爆者の要求と原水爆禁止運動におされて、第三回世界大会の前、一九五七年四月に制定されたが、ひじょうに不満足なものだったので、わたしも勉強をはじめていた。さらに、被爆者の援護をなおざりにする政府の態度などとも関連して、まだひじょうに漠然とした認識ではあったが、日本が「加害国」になるのではないかという危惧をいだくようになってきていた。

そのために、あえて無理と思われる上京をしたのだった。母をはじめ、K先生、それに「青年乙女の会」の松尾佐智子さんには、必要以上の負担をかけてしまったように思う。長いあいだわたしをみていた母も、一度いいだしたらきかない娘の性格を承知しているせいか、これという反対もせず、旅じたくをしてくれた。その母が、「千恵子の身体をみなさんが案じてくださるのに頭が下がる思いです。でもあれだけ行きたいというので、我をとおしてやるのもよいだろうと思って……」と記者に語っていたのを、後日、新聞をみて知った。

東京でも、とくに木下先生にはたいへんお世話をかけた。第四回世界大会をめざし、広島から歩きつづけてきた日本山妙法寺の西本あつしさん（故人）を先頭にした平和行進にも、木下先生が抱いてくださり、吉田嘉清さん（現、日本原水協事務局長）らと一緒にたった百メートルぐらいだが「参加」した。

わたしは、早稲田大学の体育館でひらかれた開会総会の壇上から、つぎのようにうったえた。

「八月七日、海上保安庁の巡視船〝拓洋〟と〝さつま〟が恐ろしい〝死の灰〟をあびて帰ってきたことを知りました。

わたしは十三年間寝たままのベッドの上で放射能の恐怖におののく乗組員の生々しい声を聞き、長崎・広島の悲劇がふたたびくり返されたことに、大きなショックを受け、激しい怒りで身体中がうずきました。この事件は連鎖的にいやな恐ろしい事件に広がっていくかもしれません。そうしたらわたしたち人類はどうなっていくのでしょう。被害はわたしたちだけでもうたくさんです。

わたしが寝ている長崎市から百キロ離れた佐世保の港に、核武装した船が出入りしているうわさをききます。

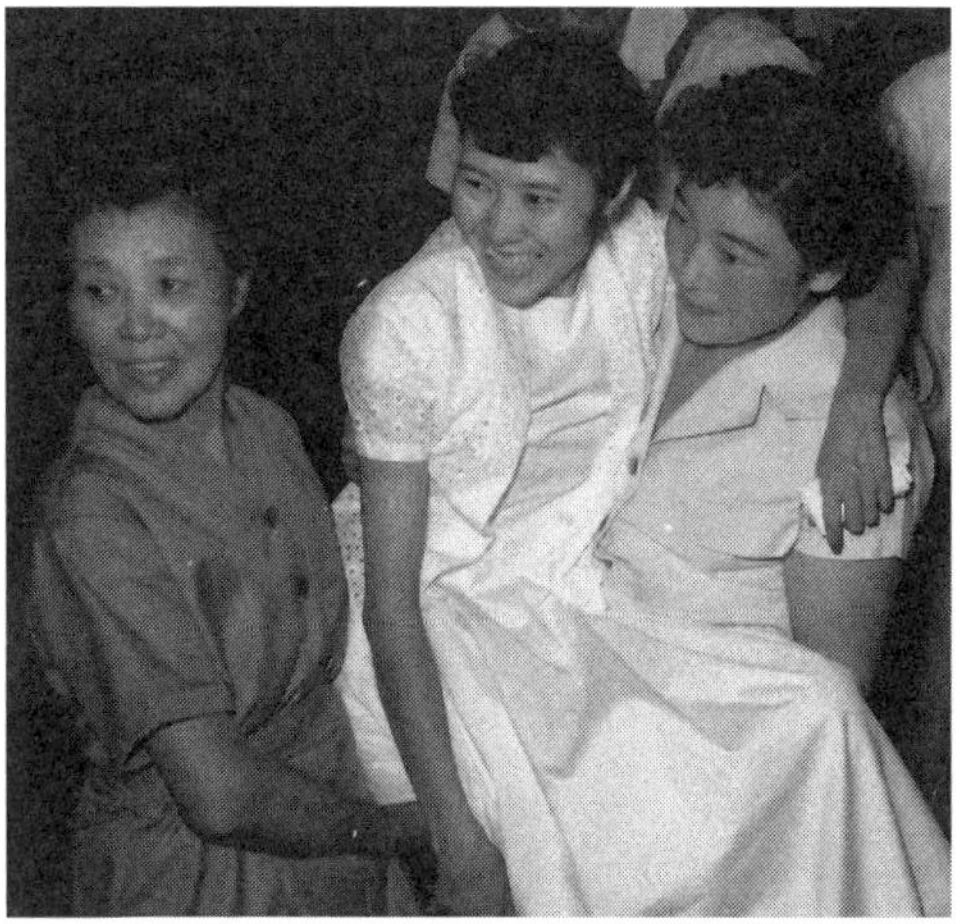
第4回大会で木下澄子先生に抱かれて（赤旗写真部提供）

日本が核武装することは、日本が原爆被害国から加害国となることだと思います。」

ここで核実験について、わたしが〝死の灰〟の恐ろしさを敏感にとらえているのは当然としても、核実験を核戦争準備とのかかわりでとらえることが、すでに第三回世界大会でも、わたしの参加した第四回世界大会でも、明らかにされていたことをつけくわえておきたい。

第三回世界大会で採択された「東京宣言」

は、つぎのように述べていた。

「私たちは、核兵器実験を原子戦争準備の危険な表現とみとめ、関係政府が実験の即時無条件禁止のために、国際協定を締結することを要求します。」

さらに、第四回世界大会の宣言は、つぎのように指摘している。

「核弾頭をつけた中距離弾道弾の実験が太平洋地域でおこなわれている。これは核兵器戦争の準備を意味するものである。実験への反対はそれゆえ核兵器戦争への反対である。」

『週刊女性』のインタビュー

第四回世界大会に参加するために東京に滞在していたとき、わたしは『週刊女性』(一九五八年八月三一日号)という雑誌のインタビューをうけた。

――第四回原水爆禁止世界大会に、おかあさんに抱かれて出席したご感想は?

私もあの〔広島からの〕平和行進に参加している気持で上京しました。世界各国から同じように、人類を破壊にみちびく原水爆の禁止のために多くの人たちが参加して、このように盛会であることは、喜ばしいことと思っています。

ついせんだっても「さつま」「拓洋」の乗組員が死の灰の危機に見舞われましたが、もう十三年もたつのに、まだまだこのような心配をしなければならないなんて、どんなつもりで実験をしているのでしょうか。

「さつま」「拓洋」のかたたちは、心配ないと発表になりましたが、私たちは、しらずしらずのうちに、おそろしい死の灰の影響をうけていることを忘れてはなりません。世界平和が叫ばれているかたわらに、まだなまなましい戦争の傷あとをのこした原爆被災者がいることを、実験している国の人たちは、ほんとうに知っているのでしょうか。

この大会は、ひとりでも多くの人たちに、いたましい原爆の影響を知ってもらうためのものでもあります。

先年、アメリカのトルーマン氏が、原爆を使用した責任はない、とおっしゃいましたが、私たち長崎の被災者は抗議文を書きました。こうした人たちに、被災者である私たちの苦しみを訴えて、もう二度とこの地球上で、あの原水爆を爆発させることのないように祈っています。

――なにか私たち国民が無関心でいるようなところがあると思われますが……。

いいえ、そんなことはございません。みなさん、それはご親切にしてくださいます。ただ、現実に被災者の悲惨な姿を見ていないし、目に見えない影響のことについては、現実感が薄いのかもしれません。でも、原水爆は決っして許せないということは、生きた血のかよった人間であれば、わかっていただけると信じています。

政府の弱腰ということもありますが、あいかわらず実験をつづけていることに対して、私たち国民は、もっと切実に考える必要があると思います。力を合わせて抗議するのです。

また医療費の問題も残っています。被災者援助に関する法律もでき、予算もとってあるのですが、原爆被害者にたいする認定がとてもむずかしくて、ケロイド症状、白血病といった直接原爆によった症状の人以外は、たとえ原爆で災害をうけても、生活保護も医療費も出してもらえないようなことがあります。

一家の働き手が、白血病でだんだんきずついてきて、ついに倒れても、残った人たちの生活は保障されないのです。

――それは大変な問題ですね。……では最後に、原爆被災者としての渡辺さんの、十三年目を迎えたお言葉を一言……。

もう十三年、と一口にいいますが、まだ十三年しかたたないのに、佐世保の港にはアメリカ第七艦隊が核武装をして停泊しているのだそうです。いまなお私を苦しめている原水爆を積んだ艦船がそこにある、ということが、たまらない憤りです。

忘れてしまいたいあの時の情景が、まだ目のうらにしみついてはなれないのに、現実は徐々にふたたび原水爆の危機が近づいていることは悲しいことであります。

また十三年たったいま、思い出したように原爆症で死んでいくのを見聞きするにつけ、絶対に反対したいと考えます。

「一人でも多く、一歩でも」というこんどの平和行進のスローガンをかみしめて、この十三年目の祈りを、全世界の人に聞いていただきたいと思います。

この運動に参加して、私たち被災者の現実の姿を見て、ひとりでも多くの人が原水爆禁止の叫びをうたいあげていただけたら、どれほどうれしいでしょう。

私たち被災者の不幸が私たちだけの不幸でなく、全世界の人たちの不幸につながることを、ひしひしと感じます。

人類の生命と幸福を奪いとろうとする原水爆に対して、人類の生命と幸福を守るトリデとして役立つならば、私たち被災者は心から生きていてよかった、と思います。

最後に一言つけ加えますと、いまなおいたましいケロイドや白血病で病床にある人たちのことを思いおこしていただいて、地球上でただ一つの原爆の経験者であるわたくしたち日本人が中心になって、むずかしい国際的な問題はあるのでしょうが、とにかく、いまわしい原水爆をなくしたいと祈っています。

浦上天主堂のことなど

わたしは、第四回世界大会から長崎へ帰って、つぎのような文章を書いている。三池染料労働組合の機関紙（一九五八年八月三十日付）に寄稿したものだが、いま読みかえしてみると、歩けないわたしも、原水爆禁止運動のなかでたくさんの人びとに教えられながらしだいに視野をひろげ、自分たち被爆者の問題をいっそう深いところでとらえるようになってきたことに気づく。

「この一年間、原水爆問題を焦点に国際政治がめまぐるしく動くにつれ、わたしたちの長崎でも喜びや悲しみを交えたいろいろなことがありました。皆さまもよく御承知の有名な浦上天主堂の廃墟が、被爆市民の意思を無視して、六月とうとうとりこわされてしまいました。わたしたちの会〔長崎原爆青年乙女の会〕からも市議会に廃墟存置の要望書を提出し、市議会でもとりこわし反対を九回も決議したのですが、教会再建をこれ以上延期できないというのが教会側の撤去理由です。

しかし原爆長崎のシンボルとして被爆十三年後の今日まで完全に残された歴史的遺跡を、たんなる私有財産として処分されたことにまったく納得がいきません。反面、はやくから問題にされながら、市をはじめ原爆資料保存委員会など関係者が、積極的な存置に努力しなかったことも問題でしょう。平和記念物として永遠に残すべきだ、との被爆者共通の悲願がありながら強力な長崎市民の世論にまで盛りあがらなかったことも、大いに反省すべきことだと思います。文化財としても広島の原爆ドームと比べものにならないほど大きな価値を有しながら、かえすがえすも残念でなりません。

もう一つ恥しい報告をしなければなりません。それは県下の島原市議会が、六月二十日〝原水爆実験禁止及び核兵器の持ちこみと自衛隊の核武装に反対する〟決議案を多数で否決したことです。この問題はさっそく各方面に大きな反響をまきおこしました。島原地区労、宗教団体、婦人団体、県青年団協議会などから議会にたいして、否決の即時撤回要求書や公開質問状が提出され、市民大会までひらかれる雲行きにあります。しかし否決議員たちは、一年前に実験禁止決議をおこなっているので、くりかえす必要はないとの理由でむしろ自衛のためには米国の援助で核武装すべきだ、との異論を今なお守っている始末です。

十三年前、おなじ県民である長崎市民が残虐非道な原爆のいけにえとなったことを、完全に忘れてしまったのでしょうか。人間的良心がマヒしているとしか思えません。皆さま、映画〝世界は恐怖する〟をごらんになりましたか。あいつぐ原水爆実験による〝死の灰〟〝放射能雨〟の恐るべき影響、被爆者から生まれた一つ目、双頭児など目をそむける原爆奇形児の実例など、全人類の将来に恐怖の遺伝問題が提起されています。わたしたち被爆者、一般国民を問わず、ただちに全人類の生命と幸福をねがう人びとが立って、原水爆の恐ろしさを知らない人たちに訴え、危険な原水爆戦争に反対する、全国民の平和をねがう力強いスクラムをつくらねばならないことを、こんどの島原市議会問題で痛感しております。

つぎに明るいニュースとして、五月二十日、被爆者待望の〝原爆病院〟が、長崎市片淵町に開院いたしました。鉄筋コンクリート五階建ての優秀な設備をほこる立派なものです。七月二十日現在、六十二名の原爆患者の方たちが入院しています。その内訳は内科四十八名、外科四名、婦人科七名、小児科、眼科、皮膚科各一名で、一番多い内科は現代医学では治療が困難といわれている原爆白血病が大半で、とくに最近では直接原爆をうけず、原爆落下後に放射能が充満した被爆地に立ち入った人びとのあいだから〝第二次放射能被害〟が続出しており、問題になっております。長崎市では、今年にはいってすでに昨年一年間の死亡数七名を上まわる十名の尊い犠牲者を出しております。

ところで、こんな立派な原爆病院を国民の皆さまの御援助でつくっていただきましたが、原爆実態はなお悲惨なものです。五七年四月から施行された〝被爆者医療法〟も不完全なものです。たとえば生活に困っておられる健康保険のない入院患者は、医療法に指定のある白血病、ケロイドなど放射能に直接関係あるとみられる以外の病気は、原爆と間接的な関係があると思われる合併症等もいっさい自弁で、支払い能力がない者は手術もできないありさまです。その他、法の欠陥はたくさんありますが、最大の盲点は被爆者の強い要望にもかかわらず、政府が原爆患者の生活援護を認めない点にあります。

せっかく医療法で被爆者の健康管理をきめても、生活苦から入院や通院もできず、放射能に身体中をむしばまれつくしたすえ、にっちもさっちもいかず、死ぬために原爆病院に入院する人がけっして少なくない現状を、政府はもっと真剣に考えてほしいと思います。

わたしたちの会の永田尚子さん(二三歳)=長崎市家野町=が六月中旬、ソビエト保健省の招きにより、現在モスクワの病院で治療を受けていますが、不治の業病といわれる白血病、再生不良性貧血病、原爆ケロイド症など恐ろしい原爆病を一日もはやく根治できるように、原爆製造に狂奔する以上の熱心さで、全世界の医学者がとりくんでくださることを切望してやみません。」

その年の暮れ、「産経新聞」に「終わりにひとこと」という随想を依頼された。そこでわたしは、「被爆者の救援運動の推進を」という「ひとこと」を述べた。

「今年は忙しい年でした。とくに原水爆禁止世界大会出席のため上京したのが大きな出来事。〔大会でわたしのことを知ったたくさんの方がたから手紙をいただき〕その返事書きの仕事がふえたし、原爆青年乙女の会などいろいろな会合が家であるし、部屋にとじこもったままでも結構忙しいのです。大会に出席したことはいろいろ見聞を広め、新たな勇気と自信を持たせてくれました。

しかし残念なのは、平和運動が広く深くなっている割には被爆者救援運動が遅れていること。たとえば被爆者の生活の実態にしてもいまだにはっきりしていない現状です。

来年の希望は、もっとひまができて読書をしたいこと。もう少し経済的にゆとりができると、編物の内職をせずにすむのだけれど……。」

成人の日のアンケート

一九五九年をむかえた。「成人の日」にちなんだ「毎日新聞」(一月十五日付)のアンケートにたいして、わたしはこんなことを答えている。

――満二十歳になった日、またはそのころのあなたについて。

私の青春は、原爆の傷あとで生きる力もなく、意思のないロボットのような体を、ただベッドに横たえて暮らしていました。

――〝成人の日〟をむかえる人たちにおくる言葉。

一人ひとりが、ばらばらでいると絶望し、捨てばちになりがちです。ひとりだけ楽になろうとしてもなんにもならない世の中だと思います。（中略）みんなで話し合い解決すべきことはみんなでこれに当たり、また希望をもって生きてゆくため、新しい社会の人間としての修養を集団によって学び、集団の中から伸びてゆくことが大事ではないかと思います。

第五回世界大会を前にして

六月にはいってから「原水協通信」（一九五九年六月二五日号）に執筆した「第五回原水爆禁止世界大会にのぞむ」という一文は、被爆者援護法の要求が、わたしにとって大きな関心事になってきていたことをしめしている。

「萌えるような夏草を見ると、あの日がまざまざと思い出されて参ります。

今夏は十四年目の原爆記念日を迎え、第五回原水爆禁止世界大会が再び広島で盛大に行われます。私たち長崎の被爆青年は、特別に大きな感動をもってこの歴史的な大会を迎えようとしております。というのは一九五五年八月、広島で第一回世界大会が生まれたのを機に私たちの長崎での活動が芽ばえたからです。それ以来、五年余のわずかなうちに目まぐるしく動いた国際情勢と同じように、被爆後十四年の私の万年ベッドの回りにもさまざまな出来事が起こりました。あの日はまだ物わかりさえつかぬ幼い少年少女だった男女の数名は私のベッドの回りに自然と集まり、誕生したささやかな集いが今日まで続き広島・長崎・東京と四度の世界大会と共に成長し、願いを新《あらた》にしつつ、せいいっぱいの勇気と、互に励まし合いながら生きてきました。

被爆地とはいえ、市民の平和にたいする意識は浅く原水禁運動に自発的に動くものはアカといわれたあの頃。第一回の世界大会が広島でひらかれると聞いたとき、私たちは矢も楯もたまらず炎天にケロイドをさらし募金カンパにかけめぐった末、まだ西とも東ともわからなかった私たちの会が、人類の恒久平和を心から願うゆえに、はじめから世界大会にとびこんだ私たちの行動は理屈ではわりきれない一個の人間としてやむにやまれぬ衝動からでした。これが真実の勇気であるということをそれから五年たった今日、原水禁運動が完全に国際的な問題に発展したのをまのあたりに見て知ることができました。

現在、長崎原爆病院には八十一のベッドも超満員で、患者も困っている始末です。すでに今年にはいって原爆白血病、癌などによって五名の方が亡くなられました。原爆で財産を焼かれ、被爆後十四年にわたる長期療養のためチリ紙、石けんにも困り、とくに重症の白血病患者には特効薬もないまま栄養補給に頼らなければならない深刻な状況です。被爆者の救援は団体や個人の力では到底解決できる問題ではなく、根本策はやはり政府に生活援護法を認めさせることです。それにはまず世論を動かすだけの力を被爆者自身結束して行かなければならないと同時に、原水協においても実態調査ぬきの念仏式の救護法要求のマンネリを乗り越え、実態の把握と他の社会保障との関連づけを明確にする資料を作製し、とりあえず県市の地方財政を動かせるだけの政策を要望してやみません。しかし問題は政府が熱心にめんどうを見たところで一辺そうなった私たちの体はもとの姿に還ることはできません。絶対的に原水爆を認めがたいのが常に運動の大骨でなければならないと思います。被爆地長崎においての平和運動は正直にいってこれまで決っして活発だったとはいえないのが真相です。全人類の幸せを目的にしたこの運動をみんなの声として盛りたてるように、なんとか力を結集できないものでしょうか。」

六〇年安保闘争のなかで

第五回原水爆禁止世界大会の前後から、日米安保条約の改定が問題となりはじめた。そして、日本原水協がこの安保改定に反対の態度を明らかにするや、それは「政治偏向」であるという攻撃が、全国的にくりひろげられたのである。

第六回世界大会のあと、一九六〇年八月十四日号の雑誌『わかもの』に、わたしは安保闘争にふれた感想を発表した。

「あれから十五年。不死鳥のようにたくましく復興をとげた原子野には、鈴らん灯がともり、ネオンが輝く。美しい夜景のなかには、あのいまわしい面影は、もうどこにも見出すことはできない。

このように失われた街や家は新しく生みだすことができる。けれど、失われた生命や、みにくい傷跡は、もう、もとの姿にもどすことはできない。私たちを苦しめ、その家族まで苦難の道に追いやった原爆、原爆さえ落ちなかったなら、戦争さえなかったなら。心からのこのねがいもふみにじられようとしている。平和をおびやかす安保条約改定の強行採決。またしても、あの惨禍の日が、きのうの出来事のようにはっきり思いだされてくる。

毎夜、私は、人の寝しずまった十二時ごろまで、編物、手芸の内職の手を休めることができない。けれども、もう落着いて仕事も手につかない。

『じっとしてはいられない。デモにつれていって』

私は、安保強行採決反対の集会場へ抱いていってもらった。

市民グラウンドには二万人からの人の群れ。宣伝カーが、デモの理由を道ゆく人に呼びかけるほかは、歌も歌わず、かけ声もない、静かな、しかし底に大きな怒りをこめたデモがつづいた。

いまなお原爆のいけにえとなってベッドに横たわっている原爆病院からは窓ごしにいくつもの顔がならびタオルをふりまわしている人。本をまるめて手を高くあげている人。

私は車の窓からからだを乗りだすようにしてハンカチを握った手をみえなくなるまで振ってこたえた。

すっかり夜もふけた空には、キラキラと星がまたたいている。こころよい風が汗ばんだ私のほおをなでる。

赤、黄、緑と、いろとりどりのネオンが明滅する車道をすいこまれるように走っていく車の椅子にからだをもたせながら、はじめて参加した『安保反対統一行動』という言葉をかみしめていた。」

また、十月三十日付の「朝日新聞」(夕刊)には、安保闘争後におこなわれた総選挙に関連して、つぎのような意見をのべた。

「私の一票が、私の毎日のくらしとしあわせのために、そして日本の未来のためにどんなに大きくひびくか、このたびの安保条約の改定で、かってない関心を寄せているものです。このコースはいつかきたコースにつながり、そして原爆で下半身を奪われ、原爆の脅威を、肉体的にも精神的にも深く刻みつけられているだけに、私は安閑と寝ていられない気持ちです。

あのいまわしい原爆から十五年、いまなお生活の苦しみと病魔に冒されながら原水爆の禁止と被爆者救援をせいいっぱい訴え続けてきた私たちですが、いまだに何ひとつ解

初めての選挙の投票場で

決していません。むしろ一日も早く核武装しようとあせっていることが、安保強行採決というあのやり方をみて、いっそうハッキリと証明されました。私たち原爆被害者をおざなりにしておいて、自衛力の名で軍備は急ピッチにふくれあがり、いまや、核ミサイル装備に向かって着々とその準備がすすめられています。

この意味から、とりあえず一機五億八千万円もするロッキードをやめさせ、いま以上にふくらみ、ひろがろうとする軍備をおさえ、その軍備費が被爆者の救援にふりむけられ、さらにすべての人々の生活の向上に使われるよう、誠意をもってやり通し、今後どんな悪条件が出てこようと、ねばり強くいまの憲法をまもりぬく人に期待いたします。」

入院、退院のくりかえし

わたしは、一九五九年一月、長崎市油屋町から現在住んでいる音無町（元、西北町）に引越した。ところが、引越しでつかれたためか、音無町に移った翌日、セキをともなった高熱になやまされた。母もびっくりして、まごまごするばかり。そのとき、原爆病院長の横田先生が「なにかあったら電話しなさい」といってくださっていたのを思いだし、連絡した。横田先生は、看護婦さんをともなっておいでになり、診察していただいた結果、さっそく入院しなければならなくなった。

このときからほぼ五年間、わたしと母は身体の不調がつづき、入院、退院をくりかえしていた。わたしと同じ原爆病院にはいっていた葉山俊行さんと、一九六一年の夏ごろ知り合った。葉山さんはわたしよりさきに退院し、「被爆者の店」で働くことになった。

その年の七月、版画家の上野誠さんが病室を訪ねてこられた。初対面であったので緊張したが、上野さんの描かれた「長崎の原爆」と題する版画の一枚一枚をみせていただいているうちに、いくぶんなごんだ。上野さんは、おだやかな口調で作品について説明しながら、わたしに感想を求められたりしたことを憶えている。

その上野さんの作品が、三年ほど前に『平和版画集――原爆の長崎』（新宿書房）として出版された。そして、この本の終章に長崎の原爆被爆者の訪問記をつづっておられ、当時のわたしのことも書かれている。ちょっと恥ずかしいが、部分的に引用させていただく。

「原爆病院には、わたしがひそかにあうことを期待していた渡辺千恵子さんもいました。渡辺さんは、記録映画や報道写真で、たびたび紹介されているので、顔だちから声まで、よく記憶していました。そしていわゆる身体障害者ながらけなげな女性というえむきの明るさをもつ渡辺千恵子像ができあがっていました。この人にあうために、わたしは彼女の病室をおとずれ、一歩はいろうとした瞬間、わたしのえがいていた像はいっぺんにくだかれ、そこにみたものは、頭と胴ばかりの一個の生体でした。窓よりのベッドは逆光線をあび、そこによこたわる人は、明暗のコントラストで単純化されて、特徴部分だけが異様にきわだっていたためかもしれません。

しかし、ちかよってみる渡辺さんは、被爆のときの打撃で腰から下の自由をうしない、足がなえてしまったもののようです。脊椎骨折でした。白いカバーの毛布をかけたすがたは、まだわかい女性だけにいたましいかぎりでした。これが、この人の肉体の条件だったのかと、粛然とならざるをえませんでした。わたしは、なるべく渡辺さんの眼だけをみるようにして、しばらく話しあいました。渡辺さんは、ふかく枕に頭をうずめて、口数すくなく受身でこたえていました。」

第九回世界大会を前にして

わたしの健康状態が安定しはじめた一九六三年の夏、原水爆禁止運動の内部には意見の相違が表面化し、ひじょうに困難な情勢のもとで、第九回原水爆禁止世界大会がひらかれようとしていた。そのころ、腹ばいになって書いたわたしの手紙が残っている。

「わたしの母も、おかげさまで寝こむほどの病気もせず、しごく元気でおりますが、年波にはやはり勝てず、髪には白いものの数がふえ、肩のまろみは前にのめり、身体はめだって小さくなってきました。それにひきかえ、わたしの身体はひところよりも四キロは太り、毎日の入浴もわたしをかかえるのにせいいっぱい。〝ドッコイショ〟の掛声の一つもかけて抱きあげるありさまです。わたしが太ることは母の願いであり、喜びでもあるようですが、わたしは母のエネルギーをいたずらに消耗させるだけのように思われるのです。

希望をもちなさい、がんばりなさい、といわれても、それよりさきにおおいかぶさる不安をどうすることもできません。でもわたしは負けないつもりです。広島ではじまった原水爆禁止大会も今年で九回を重ね、そのなかで医療法によって被爆者の健康管理をきめられ、医療手当の二千円も支給されるようになりました。

わたしたちが動かしている編機も、平和をねがう無数の好意と友情のなかであたえられたものです。調子のよい身体にまかせ、冬は毛糸を編み、夏になると汗のふきでるのもかまわずかぎ棒でレース編に休むいとまもなく働いております。細い指先には小さなマメができました。もっと大きい、くじけない強いマメをつくってわたしの経済的基礎をつくっておきたいと、うんと力を入れがんばっております。」

6　原水爆禁止運動とわたし（その二）

原水爆禁止運動に参加するようになったわたしは、しだいに、それまでのような〝ノンポリ〟ではいられなくなった。選挙のときは、たとえわたしの一票でも政治になんらかの力になると思い、母や原水協の人たちの手をわずらわして、投票所へも行くようになった。一九五八年、第四回世界大会のために上京したあと、長崎に帰るやいなや、長崎地区労が警職法改悪反対の闘争に立ちあがっていることを知った。

この警職法改悪反対闘争とならんで、長崎では、三菱長崎造船所での「エリコン(注)」生産が問題になっていた。「警職法改悪が国民の権利を奪うものなら、エリコンは職場から平和を脅かすもの」であり、どちらも車の両輪のような関係で戦争につながっているとして、全造船労組三菱長船分会が反対の態度を明らかにしていた。これにたいして会社側は、「エリコンは核兵器でない、核兵器は会社も拒否する」と、やっきに宣伝していたのである。しかし、自民党に莫大な選挙資金をだしている三菱が、そのみかえりを要求することはあっても、「拒否」するということはありえないだろう、と当時のわたしすら考えていた。被爆地長崎の造船労働者が、ふたたび戦争産業へすすもうとする会社側を糾弾したのは当然である。

わたしは、警職法改悪と「エリコン」に反対する闘争をつうじて、自分はそれに直接参加したわけではないが、政治にたいする考え方を大きく変えるようになった。岸首相は、警職法が「乱用される心配はない」と言明し、反対闘争は「曲解」にもとづくものだという態度であったが、もう、そんな言い分をうのみにしてしまうわたしではなくなっていた。その二年後の安保闘争に、こんどはわたし自身も参加するようになったことは、前に述べた。

〈注〉エリコン＝当時、政府の第一次防衛計画にもとづく自衛隊の研究用装備兵器としてスイスのエリコン社に発注していた防空用地対空誘導弾「エリコン56」のこと。日本の再軍備が核装備へむかうことへの疑念から、反対のたたかいが広がった。

京都での第十回世界大会に参加

第四回世界大会に参加したあと、原水爆禁止運動が重大な困難に直面した第九回世界大会まで、わたしは入院をくり返したりして、大会にはいちども参加しなかった。しかし、不幸にも第九回世界大会から国内の一部の人びとが脱退していったあと、わたしは、一九六四年の第十回世界大会にはぜひ参加しようと決意した。

東京に遠出してからちょうど六年目に、また原水爆禁止世界大会に参加するという同じ目的で、関門トンネルをくぐることになった。しかし、わたしたちの運動をとりまく情勢も、運動内部の事情も、大きく変わっている。わたしは緊張して京都に旅立った。個人的にいえば、京都の街は幼いころ父にともなわれてきたことがあるので、なつかしかったが、二十五年も前のことだったので、ほとんど記憶はのこっていない。

一九六四年八月三日早朝、四時ごろだったろうか、列車は京都駅に着いた。母につきそわれて、京都駅のホームに降りると、そこには大会本部のなつかしい人びとが朝もまだ明けぬところを、わざわざ迎えにきてくださっていた。東京の国際会議で、ソ連や世界平和評議会などの代表が脱退していったもようをはじめて知った。

午後三時ごろから、第十回原水爆禁止世界大会をめざす平和行進がはじまった。いくつかの地点から、本会議場である京都府立大グラウンドにむけての集中行進であった。わたしは、辻幸江さんに抱かれ、母や、田沼肇先生と一緒に、北野神社前から行進に参加した。約二百メートルだけではあったが、ひさしぶりにデモをした気分は（抱いてくださった辻

第10回世界大会（京都）の平和行進に抱きかかえられて参加（赤旗写真部提供）

さんにはまことに申しわけないが）きわめてさわやかだった。

全国から京都に集まった代表は一万人を越え、沿道の市民は、熱烈にその代表たちを歓迎していた。さすがに蜷川（虎三）府政のひざもとだけのことはあると、感動した。

平和行進の途中に激しい風をともなったにわか雨がふりはじめた。行進はその風雨の中でも整然として隊列をくずさず、みんな全身がずぶぬれになりながら、あるいは強風でプラカードなどをもぎとられながら、平和への闘志をこめて進んだ。自動車で先まわりしたわたしたちが、ある交差点で平和行進を迎えていると、ひとりのお年寄りが近づいてきて、こともあろうに合掌しながら、わたしに十円玉をにぎらせてくださった。最近になって田沼先生にたずねたら、「そうだったかな」などとトボケていたが、わたしは身のおきどころもないほど困惑し、かつ感激したことを、いまも忘れられない。

大会場の府立大グラウンドは、雨でいたるところに水たまりができ、そのままでは、とても一万人を越す人びとを迎えられる状態でなかったという。しかし、大会準備にあたった人びとのすさまじいばかりの努力によって、たちまちグラウンド全体にムシロがしかれ、参加者はそれにすわることができた。大会は午後七時に開会された。雨あがりのむし暑い中で、歴史的な第十回世界大会の開会が宣言された。

わたしは、ひろい会場にみなぎった、静かではあるが巨人のような迫力にはげまされ、自分も参加してきた原水爆禁止運動の歴史と伝統、さらにはその現状に万感をこめながら、被爆者代表として、せいいっぱい訴えた。わたしのこの運動へのかかわりも、新しい画期をむかえたようである。

「第十回原水爆禁止世界大会の輝かしい勝利のためにご活躍のみなさん、ほんとうにご苦労さまでございます。

これまでにない困難な条件のもとで、私心を捨ててひたすら核戦争阻止の行動に、敢然とたたかわれたみなさんの勇気がこのようなすばらしい大会になったものと信じ、ともによろこびたいと思います。

みなさん。広島での第一回世界大会でわたしたちの仲間、山口美佐子さんが〝わたしたちが訴えなければ、原水爆の恐ろしさをだれが世界中に訴えるでしょう〟と涙で述べられた言葉を、ご記憶でしょうか。この言葉は被爆者みんなの気持ちでした。

それ以来、被爆者の訴えは平和を守る人びとの手で、世界中にはこばれ、また核兵器完全禁止の世論とともに世界大会にかえってきました。

原水爆禁止運動の統一と団結を守る灯は、とだえることなく燃えつづけ、ひろがり、世界大会と日本原水協十年の歴史を築きあげてまいりました。

みなさん。十九年前、あの原子爆弾は、わたしたちの生命をうばい、幸福をうばったのです。いまもうばっています。

しかし、わたしはどうして生きることができたのでしょう。原水爆禁止運動が、平和を守り、平和がわたしを生かしてくれたからです。もし、原水爆禁止運動がなかったら、わたしもこうしてはいないだろうと思います。

同時に、十九年前、わたしの身体をこのようにした原爆をあえて投下した国が、現在も、主にアジアで、核戦争の危険をひきおこし、わたしと同じような犠牲者をつくりだそうとしていることは、がまんできません。

わたしは、いま原水爆禁止運動のなかで、ごく一部の人びとが、第九回世界大会を否定し、特定の政治的見解をふみえにして、分裂をはかっていることに、やり場のない憤りと悲しみを、どうすることもできません。

わたしは、第九回大会のあとで、日本原水協は雲散霧消したといった一部の人びとが、さいきんになって原水協の名をかたっているとかうかがいましたが、このような〝ニセ原水協〟を認めるわけにいかないことは申すまでもありません。

わたしたちが、こうして第十回世界大会の総会をひらいているあいだにも、きなくさい核戦争のにおいは、いちだんと強くわたしどもの周囲にたちこめております。

日本の港には、ポラリス潜水艦が〝寄港〟しようとしていますし、F105D水爆機が日本にもちこまれ、さらに日本の基地からはインドシナ半島にむけて、軍用機がとびたって、いまや日本は戦争にまきこまれようとしています。一日も早く、核兵器の使用、実験、製造、貯蔵の完全禁止を実現させましょう。

全世界の原水爆禁止運動を、ここまで育てあげてきた日本原水協が、こんごよりいっそうひろい層の人びとを結集されるよう期待します。

十九年前に、わたしたちがうけたあの悲惨な核戦争をふたたびくりかえさせないために、日本を被害国から加害国にさせないために、十年の伝統をもつ日本原水協の旗を高くかかげて、すべての人が力を合せ、がんばろうではありませんか。」

国際予備会議で特別報告（第十一回世界大会）

翌一九六五年、佐賀の藤川病院にはいっているとき、日本山妙法寺の佐藤行通さんから、「ビヨウキニマケルナ　ミンナガツイテイル」という電報をいただき、うれしかった。そしてこの年の第十一回世界大会には元気に参加し、東京でひらかれた国際会議において、被爆者としての特別報告をおこなう機会をあたえられた。わたしにとって、こんなに国際色ゆたかな会議場でお話をするのは、はじめての経験であった。

「第十一回原水爆禁止世界大会の輝かしい勝利のため、はるばる海を渡ってこられた海外代表のみなさん。日本原水協の旗のもとにたたかっておられる全国代表のみなさん。

原爆の生き地獄のなかで絶命された三十数万の犠牲者の前では、わたしの経験などあまりにもささやかなものかもしれません。しかし、平和をもたらすためにわたしたち生き残っている被爆者は語らなければなりません。

アメリカの原爆は、わたしの青春を奪ってしまいました。青春を永遠にもぎとられたわたしはいくたび死のうとしたかしれません。わたしのこの苦しみは十年もつづいたのです。しかし、それからさらに十年、わたしはひきつづきベッドの上にいますが、未来を確信する人間として新しい人生を歩んできました。わたしを滅ぼそうとした原爆、その原爆を滅ぼす運動がはじまったからです。原水禁運動がなかったら、わたしはこうしては生きていなかったでしょう。

わたしたち被爆者は、被爆二十周年にあたって広島・長崎に原爆を投下したアメリカの責任をあらためてきびしく追及します。日本政府はそれどころか、アメリカに手をかして、こんどはアジアに被爆者をつくろうとしているのです。わたしたち被爆者のくらしのなかでの願いや、要求はいまや『アジアに被爆者をつくらないで!』という叫びとひとつなのです。

原爆は広島・長崎の父母を殺し、幼い子どもたちの生命まで奪ったのです。この原爆を投下したアメリカが、ふたたび全世界の人びとの非難をあびながら南ベトナムのダナンへ公然と原子砲を持ちこみ、北ベトナム、ラオスへ連続無差別爆撃をおこなっています。また、非人道的な毒ガスやナパーム弾を使ってベトナムの国土を焼き、人民を虐殺しています。

日本を従えたアメリカは、二十年前のあの原子野をベトナムで再現しようとしていますす。日本はなかば被害国から加害国になっているのです。わたしがどうしてじっと寝ていることができるでしょうか。激しい憤りをおさえることができず、母とともに参加させていただきました。奮起した日本と世界の人民の力は、かならずアメリカの戦争政策を粉砕するでしょう。

わたしたちはこの大会が一刻もはやく、侵略者をベトナムから追いはらい、日本から、アジア、アフリカ、ラテン・アメリカから手を引かせるための大会になることを、願わずにはいられません。

全世界、とくにアジアのきびしい情勢のなかで、核戦争をくいとめ核兵器の完全禁止のため、敢然とたたかっておられる世界と、日本のみなさんにお目にかかることができ、こんなにうれしいことはありません。

ただベトナムにおいてみずからを守るため、片手に鍬、片手に武器をとってたたかっている勇敢なベトナム代表にお目にかかれないのが残念でなりません。しかしそれはわたしたちがこうして第十一回原水爆禁止世界大会をひらいているあいだにも、ベトナムの友人たちが尊い血を流し、残酷な侵略者とたたかっているからだと思います。アメリカは核戦争政策をもてあそんで、世界の人民をおどかしていますが、わたしたちをこのようなやりかたで屈服させることはできません。人民の力は必ず核戦争をくいとめ、核兵器を完全に禁止させることができると信じています。

代表のみなさん。わたしたち被爆者の願いを、つぎのことばで結ばせてください。

〝アメリカにたいする怒りの叫びをひとつにしましょう!〟」

この第十一回世界大会のときは、長崎市に隣接する香焼町の町長・坂井孟一郎さんが代表に加わっていて、わたしをはげましてくださった。また、大会のなかで、婦人の階層別集会にも出席させていただき、発言した。

「日本原水協の旗のもとにたたかっておられる婦人代表のみなさん。貴重な時間をお与えくださいましたことに感謝いたします。

暗い青春を送っていたわたしたちは、第一回原水爆禁止世界大会によって新しい生活がひらかれました。人間のつくった原爆ならば人間の力で絶滅できるはずです。

あの当時――十代だったわたし、そしてわたしの仲間、原爆青年乙女の会の会員も三十代の年齢に達し、乙女という言葉も不似合な年齢となりました。被爆者である故に、結婚も、就職の門戸も閉ざされているわたしたちです。

あのころは親を頼りに生きることができましたが、すでにその親に先だたれた人もいます。ある者は自分一人の経済的独立もつかぬまま親の面倒をみる立場に立たされるなど悩みはさらに深刻になっているのです。また、原爆に子どもを奪われ、身寄りのない年老いた人たちは働くこともできず、苦しい孤独な生活をおくっています。

わたしの母もめっきり年老いて床につく日もだんだん多くなってきました。夜、睡眠していても、奇妙なイビキに目を覚ましたり、静かな寝息に耳をそばだてたり、母の寝息ひとつにも神経を使わなければならないのです。

二十年前の悲劇は、いまもなお跡をたたず、白血病、癌、小頭症など恐ろしい病魔はわたしたち被爆者の身体を容赦なくむしばんでおります。原爆をつくったのも人間であれば、原爆症も人間の力で必ず根治できるはずです。わたしたちにたいして、日本政府はこの二十年間、ひとかけらの誠意さえみせてくれません。それればかりかこの原爆二十周年記念日を目前にひかえていま、わたしたちに原爆を落としていったB29の改良されたB52の渡洋爆撃を、日本政府は黙認している有様です。アメリカのB29の投下した原爆は広島・長崎で多くの人びとの生命を奪い、いまなおわたしたちを苦しめているというのに、B52爆撃機はわたしたちの沖縄からとびたち、ベトナムの国土を焼き、人民を虐殺しています。

アメリカはB52をくりだし、非人道的な毒ガス、ナパーム弾などを使いやっきになっていますが、南ベトナムの人びとは勇敢にたたかい、確実に前進しつづけています。わたしたちもそれに負けないよう、さらにがんばろうではありませんか。人間の生命をつくりだす力をもつ女性の力を結集し、平和と未来のためがんばろうではありませんか。」

あらたな決意

一九六六年、第十二回世界大会をむかえて、原水爆禁止運動は、さらに重大な困難に直面した。わたしは、この年、長崎大会にだけ出席したので、東京のようすはくわしくはわからなかったが、第十二回世界大会に参加した海外代表のうち十五ヵ国の代表が、日本原水協を非難して、世界大会から脱退してしまったのである。これらの人びとは、日本原水協が、世界民主青年連盟代表の参加問題で、現代修正主義グループと「妥協」したことは認められない、というのだ。

平和運動についてのわたしの経験と理解を、はるかにこえるようなできごとであった。

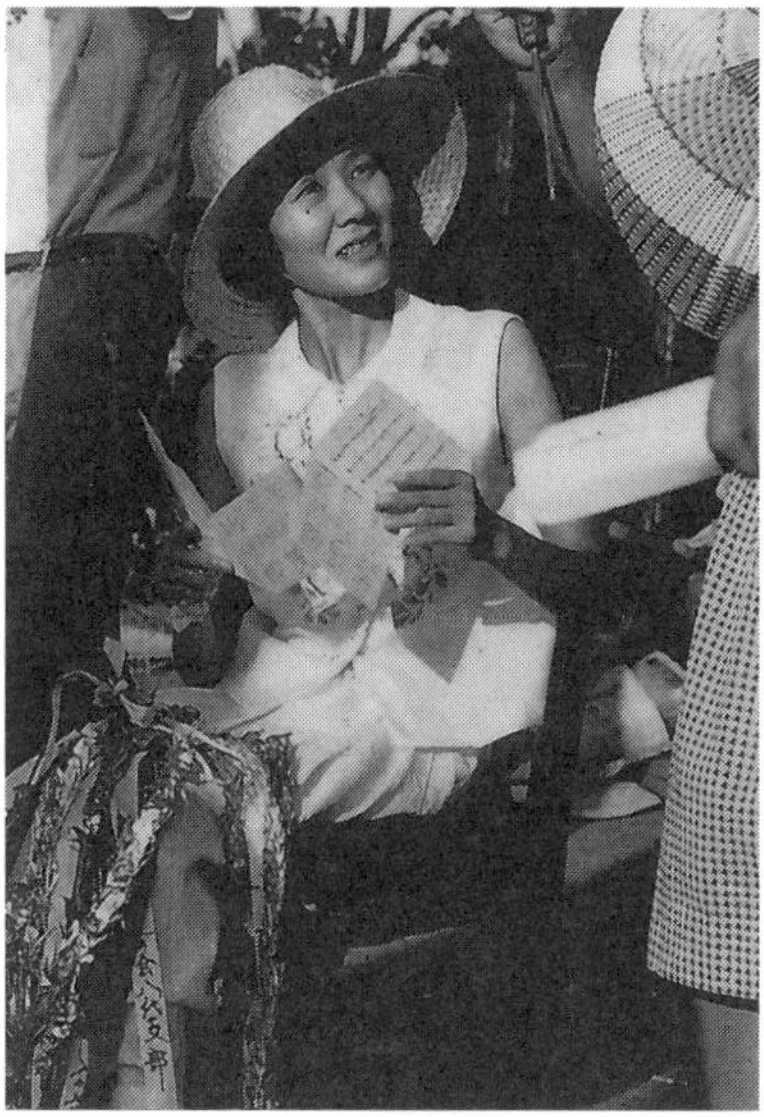

第12回長崎大会で

ただ、原水爆禁止運動とは異なる次元の問題を、こんなかたちでもちこむのは、ひどく乱暴だと思った。それにしても、第十回世界大会のとき、部分核停条約の支持をおしつけようとしたソ連や世界平和評議会などの代表につづいて、こんどは中国の代表も世界大会に姿をみせなくなってしまったということは、わたしにと

1966年夏、田村茂氏撮影

って悲しかった。

わたしは、このように深刻な情勢に直面して、自分が理論的にも思想的にもいっそう明確な立場をとらなければならないこと、それには自己をもっときびしく鍛えていくための生活を確立することが、避けてとおれない課題だと気づかざるをえなかった。ちょうどそんなことを考え、また新日本婦人の会に入会して活動をはじめたばかりのとき、長崎大会の準備で来崎した田沼肇先生が、写真家の田村茂さんと一緒に、ひょっこり訪ねてきたのである。田村さんは、わたしのお気に入りの写真をとってくださったことのある方だ。三人は、夜のふけるのも忘れて話し合った。わたしにとっては、日本の未来や、世界の動きや、科学的社会主義の問題について、あんなに真剣に話し合ったのは、まったくはじめてだった。けわしいけれども、しかし頂上の見える山道が、眼前にひらけてきた。わたしは、決意をあらたにして、それを登りはじめたのである。

長崎大会での訴え（第十三〜十五回世界大会）

一九六七年の第十三回世界大会から、六九年の第十五回世界大会までは、毎回、長崎大会に参加し、われながら熱っぽく思えるほど、力をこめて発言した。

「昭和三十二年、医療法によって被爆者の健康管理がきめられましたが、生活保障のないわたしたちは、いったいだれを頼り、だれにすがって生きていったらよいのでしょう。

生き残った被爆者のなかには、身寄りのない孤児や年老いた人たちが多くおられます。また、原爆ぶらぶら病など一般に被爆者は身体が弱く、病気と生活苦の悪循環に悩みつづけています。わたしたち被爆者は、被爆当時の苦しみもさることながら、二十二年後の現在、もっとも悲惨な立場におかれているのが実情です。日本政府は、このようにわたしたち被爆者の生命と生活を守ることをおざなりにしてきたばかりか、引揚者の在外財産補償で戦後処理も打ち切るとさえいっています。

わたしたち被爆者の不幸は、わたしたち自身の責任とでもいうのでしょうか。原爆投下は国際法に違反したアメリカの責任であり、被爆者の救援を二十二年間もサボってきた日本政府の責任であります。わたしたち被爆者はこのことについて強く抗議いたします。

政府と一部反動的な勢力は被爆者と世界の多くの平和を愛する人びとともに、原水爆禁止を訴え、被爆者の援護法を要求するたたかいにたいして、これを分裂させ、力のないものにしようと策動をつづけてきました。

被爆地、長崎においては、いまふたたび被爆者の団体にあらたな分裂の攻撃がかかってきています。一部の被爆者が権力と手を結んで、被爆者を平和運動に背をむけさせる行動をしているのです。このことは、とりもなおさず戦争政策に被爆者を協力させる役割を果すことであり、わたしはこのような行動をけっして許すことはできません。

さらにみなさんは、ＡＢＣＣのことをご存知と思います。ＡＢＣＣは、放射能によってむしばまれたわたしたち被爆者を、二十二年間モルモットのようにあつかって秘密の研究をつづけてきました。わたしたちはＡＢＣＣで集めたすべての資料、研究の結果を公開し、原爆症の治療に役だてるよう要求してきましたが、いまだに治療をおこなわず、研究の内容も公表されません。このことはつぎの核戦争への準備としか考えることができきません。

アメリカは、わたしたちをこのような身体にしたばかりか、さらにわたしたち被爆者からつぎの戦争の準備材料をえているのです。どうしてわたしたちが、このような危険なＡＢＣＣの存続を許すことができるでしょうか。ＡＢＣＣは、一切の資料を世界に公開し、日本から即刻たちさるべきです。

原爆はわたしたちの父母を殺し、兄弟を殺し、幼い生命まで奪いました。この原爆を投下したアメリカの手は、いまベトナムにおいて文字どおり殺しつくし、焼きつくし、奪いつくす残虐非道な殺しをおこなっています。ナパーム弾によるケロイド、あるいはボール爆弾による殺傷、毒ガスや細菌。この残忍な戦争犠牲者の姿はわたしたちがうけた二十三年前の傷害とあまりにも似ていて、胸がしめつけられる思いです。

しかも、日本人として許しがたいのは、このことが沖縄をはじめ日本の基地を利用して爆弾の雨も降らせていることです。日本はベトナム戦争に手をかしています。そしてやっきになって軍国主義復活の道を歩んでいます。自衛隊の核武装化をはじめ、海外派兵のたくらみ、そして青少年をねらう自衛隊の体験飛行や体験航海など、軍国主義宣伝に被爆地長崎はおかされつつあります。

わたしたち被爆者は、毎年この世界大会の席上で訴えてきました。それは原爆の悲劇はわたしたちだけでたくさんだ、二度と犠牲者を出してはならないということでした。けれどもアメリカは、ベトナムで核兵器を使用することも辞さないと、公然と言明しています。そして日本は、アメリカの核戦略体制にしっかりと組みこまれています。

戦争の足音は高くなるばかりです。この戦争の足音のなかで、どうしてわたしたちが原爆でなくなった同胞の霊に、安らかに眠ってくださいと祈ることができるでしょうか。どうしてわたしたちが、生きていてよかったと自分の胸に語りかけることができるでしょうか。」

（一九六七年八月九日）

「わたしはこの演壇から南へ、少し離れた三菱電機製作所で被爆しました。学徒動員のわたしが、鉄の梁の下から脊椎を打ち砕かれた身体を抱えだされてから二十三年がたちましたが、いまもわたしはその当時と同じように抱きかかえられた姿でしか、みなさんにごあいさつができません。

わたしはけっして、みなさんの前にでるのが好きなのではありません。しかし、あの当時の原爆はいまもなおわたしの身体をむしばみつづけていますし、あのときにわたしが自分の足で立つことを奪ってしまった原爆も、この地上からなくなっていません。

原爆がなくならないかぎり、そしてわたしが被爆者として生きているかぎり、わたしは訴えつづけます。それは人間として原水爆に反対する者としての最小限の義務だと思うからです。

わたしがだれにも知られず、ひっそりと小さな部屋に寝かされていたときは、このような世界があることも知らず、なんの望みもなく、ただ暗闇をみつめてばかりいました。そんなわたしのところへ〝原水爆はイヤダ！　原水爆をなくせ！〟という声が届いてから十四年がたちました。この間に、原水爆禁止運動のさまざまな歴史がつくられましたが、わたしにとっては、まさにわたしを生かしてくれた歴史でした。それだけにわたしはこの十四年の大会ごとに、アメリカの核脅迫政策、侵略戦争、日本の被害国から加害国への変化、現在の分裂と統一のたたかいなどの経過に、よろこびや苦しみ、悲しみ、不安や憤りをおぼえてきました。

こうして生きてきたわたしが、みなさんに申しあげたいことは、わたしにとって、被爆者にとって、原水爆の使用を禁止し、将来これをなくす運動に参加することなしには、病気とたたかう気持ちも、生きる勇気も持つことができないということです。

もうひとつのことは、被爆者の医療や生活の援護法制定の要求にしても、原水爆の禁止をめざす運動ときりはなすことができないということです。

さらに最後にお願いしたいことは、ただ一筋に原水爆の禁止を願う者にとって、意見の相違はあっても運動を弱めるようなことは、けっしてなさらないでください、ということです。原水爆を受けたわたしたちが、原水爆禁止のただひとつの願いのために、身体と心の痛みとたたかっているとき、身体の元気なかたがたは、わたしたちにかわってがんばっていただきたいと思うのです。そして、一人ひとりが統一行動の原則にもとづく話し合いと、毎日の行動によって統一をかためひろげ、その力を原水爆の禁止のためにつなぎ合わせて欲しいと心から訴えます。

ベトナムの人たちは、わたしたち被爆者が受けたと同じような残虐なみな殺し戦争のなかで、多くの同胞を失いながらも、平和と独立のために勇敢にたたかい、アメリカを追いつめています。ベトナムの人たちにつづきアメリカの侵略政策に反対しましょう。そして、日本の核基地化をめざす日米安保条約をなくそうではありませんか。

核兵器の使用禁止協定と被爆者援護法制定をむすびつけ、たたかいとる運動を強め、ごまかしの被爆者特別措置法をあらためさせようではありませんか。

第十四回原水爆禁止世界大会がきめた目標、方針、決議の実現のために、みんなでできることはなんでもして、さらに前進しましょう。」


（一九六八年八月九日）


「二十五回目の八月九日を、長崎の八月九日を、わたしもむかえました。

わたしたち被爆者にとって、八月九日は苦しい日なのです。この日がめぐってくるたびに、わたしたちはあの原爆に灼かれ、粉々にされ、灰にされた苦しみをそのまま味わうのです。ほかの病気や怪我とちがって、原爆はわたしたちを一生変わることのない被爆者という人間に変えてしまいました。原爆によって新たに発見された病気はないといわれますが、死ぬまで回復できないむずかしい病気をたくさん背負わされているのがわたしたち被爆者なのです。

アメリカが落とした原爆によって、このいまわしい運命を背負わされた被爆者がどうして、この八月九日を苦しみなくしてむかえることができましょう。

しかし、この八月九日も、十五年前からは人間の手で変えられる日の一つとなってきました。第一回原水爆禁止世界大会が広島でひらかれ、第二回大会が長崎でひらかれたとき、わたしたちも口をひらき、〝被爆者にお薬を〟、〝もう原爆はイヤだ、原爆をなくしてほしい〟と訴えました。

十五年たった今日も、この訴えは変わりません。

しかし、わたしたち被爆者のこの訴えは、たんなるくり返しではありません。そして三回、六回、九回、十三回、なん回かくり返された訴えも、けっして同じことではありませんでした。現在では核兵器がベトナムをうかがい、朝鮮を狙い、日本の沖縄を、広島・長崎だけでなく日本全土を、あの原子雲の下におこうとしているのではないでしょうか。

二十四年前には、今日の十一時二分、不意にみなさんのいるこの上空にB29が現れて、原子爆弾を落としました。

しかし、今日はどうでしょうか。沖縄の〝核つき自由使用〟とか、安保条約の〝自動延長〟とかいって、いつでも公然と核兵器を使おうとしているのです。

あの原爆が二十四年間、身体ひとつ動かすことができず、ベッドに寝たきりのわたしの側にまできて同居しようというのです。一度でこんな身体にされたわたし同様に、べトナムの人を、朝鮮の人を、そしてわたしの愛する母をもふくめてあなたがたを、すべての日本人を、公然と自由に被爆者にしようというのです。

二十四年前の原爆は、こんなに猛々しく、あらわに姿を現わし大きくなっています。だれの目にもみえるようになった核兵器使用のたくらみにたいし、もっともっと広範な人びとが、わたしたちと一緒に集まって、核兵器をなくす日まで、このような大会をずっと発展させていくことはできないものでしょうか。あの祈念像のある丘に集まったかたたちにも、海を越えた国ぐににいるかたたちにも、すべての人びとにわたしは訴えます。わたしが二度、三度、同じようにこの壇にたつ気持ちを、みなさんにわかっていただけると思います。

原水爆禁止運動十五周年にあたってわたしは訴えます。みなさん、力をあわせましょう。

日本が核武装されたら、わたしたち被爆者は生きてはいられません。生命が必要ならわたしの生命をさしあげます。

被爆国の日本を、核武装だけはしないでください。」

（一九六九年八月九日）

一九七〇年をむかえて

日米安保条約の固定期限が終了する一九七〇年をむかえ、安保廃棄の世論がうねりのように高まりはじめたなかで、第十六回原水爆禁止世界大会がひらかれた。この記念すべき大会を前にして、「長崎原爆青年乙女の会」はわたしたちの手記をあつめ、『もういやだ』第二集を刊行している（第一集は、第二回世界大会の前に刊行）。そして第十六回世界大会には、わたしも、谷口稜曄さん（現、長崎原爆青年乙女の会会長）とご一緒に久しぶりに上京し、国際予備会議に出席した。

「みなさん！

原爆のため、自分の足で歩くこともできないこんな姿にされて、なんどか死のうとさえ思ったわたしでございました。

原爆は生き残ったものの生命さえ奪おうと、いまもなおわたしたちの身体から離れようとしません。わたしたちの仲間であった鈴田さんは、第二回原水爆禁止世界大会の海外代表を出迎えたあと、『八月九日はいらない』と書き置きし、みずから生命を断ちました。一九五六年八月九日、十九歳でした。

この鈴田さんを、だれが責めることができるでしょう。鈴田さんのような死にかたをせずとも、この二十年間になくなっていった被爆者は、何万、何十万にものぼっています。みんな原爆のためでした。

被爆に耐えて二十五年、この間のすべてをわたしはここで述べようとは思いません。ただ原爆から生き残っても、最初の十年間、だれも語りかけてくれず、〝あんな身体で生きていて、なんになるんだろう〟と白い目でみられ、またみずからもかたくなに口を閉ざし、死ぬことばかりを考えていたわたしが、いまこうしてみなさんの前にたっているのはどういうわけなのか。そのことはぜひお話ししなければならないと考えます。

原爆の死の呪いから逃れるためには、原爆とたえずたたかっていなければなりません。たたかうことをやめれば、わたしたちは生きていくことができません。いまわたしが生きているのは、この世界からかならず核兵器をなくすことができると確信しているからです。

四分の一世紀の歴史は激しい移りかわりを示し、今日の困難もけっして少なくはありません。アメリカはアジアに侵略の矛先を集中し、民族解放闘争を血の海に沈めようとしています。メコン川に流されたベトナム人民の血は、広島・長崎で流された血と同じものです。残念なことに日本の政府はアメリカと手を結び、核軍事同盟をめざし、核兵器の公然たる持ちこみ、自衛隊の核武装、軍国主義の復活を七〇年代の企てとしています。原水爆禁止運動においても、統一はまだ実現していません。

しかし、平和を守り育てる力は強まっています。

原水爆禁止運動十五年の歴史も、原爆の〝生き証人〟がこんどは近い将来に核兵器のない世界の〝生き証人〟になり得ることを教えてはいないでしょうか。

被爆二十五年のつぎにくるものが、そのような時代ではないかと、わたしの肌に伝えるなにものかがあります。

わたしは原爆から受けた被害に二十五年耐えているだけにとどまることはできません。みずからの手で原爆の被害をとりのぞき、核も基地もない新しい日本の〝生き証人〟となりたいのです。

もしわたしに、母に、なお生きて残る幾歳月があたえられるとするならば、〝核兵器のない世界〟〝大量殺りくのない世界〟のはじまりを告げる長崎の鐘の音を聞きたいと願います。

わたしはごらんのとおり、ひとりではどこにも行けない身体です。しかしわたしは核兵器のない世界には這ってでもまいります。

世界中のみなさん！

平和と原水爆禁止を願う運動を統一し、核兵器のない世界を一日もはやくつくりましょう。

わたしはその日まで、なお生きつづけ、みなさんとともにたたかいたいと願っています。

核兵器のない世界に生きましょう。」

七〇年代に生きる決意

一九七〇年代に生きる被爆者としての決意ともいうべきものを、わたしは、第十八回原水爆禁止世界大会長崎大会で発言した。この日――一九七二年八月九日の長崎は、わたしが演壇にあがったころから突風が吹きはじめ、わたしの発言が終わるやいなや、それは激しい風雨にかわっていった。しかし、松山陸上競技場のグラウンドを埋めた参加者は、議事を中止したあとも、みんなずぶぬれになりながら、元気いっぱいシュプレヒコールをくりかえした。海外代表も一緒にさけぶ「ニクソン・マスト・ゴー」の大歓声、そして小佐々八郎さん（日本原水協代表理事）が音頭をとった「ガンバロー」の三唱は、激しい風雨をしりぞけ、長崎の山やまにこだました。それは、七〇年代のわたしたちのたたかいを象徴するかのような、きびしく、しかし力強い情景であった。

「みなさんが国際文化会館の原爆資料展示室に行かれますと十一時二分を指したまま止まっている、こわれた時計をごらんになることができます。

いまから二十七年前の八月九日、アメリカが、この長崎に原爆を投下した時刻、十一時二分を指ししめしたまま止まっている柱時計は、なぜ止まったままでいるのでしょうか。なぜ動き出さないのでしょうか。

この時刻には、一瞬のうちに十数万の人びとが灼き滅ぼされ、手足をもぎはなされ、ガレキとともに吹き飛ばされました。そのとき、この地上に現出した地獄図絵は、いまもなお原爆後障害として、被爆者を襲いつづけています。それだけではありません。いまや被爆二世、三世の方たちを、おびやかしつづけています。

柱時計が止まっているのは当然ではないでしょうか。

原爆はなくならず、〝ベトナムで原爆を使う計画もある〟という声さえ聞こえてくるからです。

アメリカは、ベトナムにたいして、破壊力では広島型原爆を四日に一個落とすほどの、残虐非道な砲爆撃をおこない、日本全土は〝沖縄化〟されて、ベトナム侵略の第一線基地とされています。

みなさん。

二十七年前、学徒動員の工場で、鉄の梁でくだかれてしまったわたくしの腰の骨や、こわれた柱時計が、もう一度昔のように動きだすということはないかもしれません。

しかし、もしみなさんの力と、全世界の平和を愛する、すべての人びとの統一と団結によって、アメリカのベトナムにたいする機雷封鎖や砲爆撃をやめさせ、日本からの出撃をやめさせ、日米安保条約を廃棄させることができるならば、それはなにを意味するでしょうか。

全世界の人びとの正義と自由、平和に生きる権利の回復であり、邪悪の時を刻むこと、人類の歴史の逆流を刻むことを拒否している〝原爆柱時計〟に、ボーン・ボーンと懐かしい刻を告げさせることではないでしょうか。

みなさん。

今年は長崎で『原爆読本』が作られ、被爆二世、三世の方も立ちあがってこられました。ベトナム人民支援に最大の力を集中すること、わたしたちをだましつづけてきたアメリカを先頭とする戦争勢力の手をはらいのけて団結すること、このことがわたしたち被爆者ののぞむ統一を実現し、わたしたちの生きるための被爆者援護法の実現を近づけるにちがいありません。

これまで、戦争と原爆による死をまぬがれ生きてきたわたしたちが、こんどは侵略戦争と原爆にうちかつ番です。」

7　生きるということ

被爆者とベトナム

わたしの枕もとに、目をおおいたいほどの悲惨な写真がある。それは、メコン川のほとりにるいるいと流れついたベトナム人の虐殺死体——この写真から、わたしは目をそむけることはできない。

子どもが、アメリカと南政府軍の誤って落としたナパーム弾によって、服は焼きとられ、泣きながら助けを求めて走ってくる悲愴な写真。

アメリカの無差別爆撃によって、まるでいもの焼きころがしのように、殺されていった罪のない赤ちゃんたちの無慈悲な写真。

子どもまでが、南ベトナム政府によって政治犯として捕われ、「虎のオリ」の中におしこめられ、やせおとろえている写真。

そのいずれからも、わたしは目をそむけることはできない。

一九七三年一月二十八日に、ベトナム停戦協定が発効して、すでに五ヵ月たとうとしているいまでも、わたしはそれらの写真を腹ばいになってみながら、目をそむけることができない。わたしたちに原子爆弾を落としたアメリカの黒い手と、それに協力・加担する日本の反動勢力は、いったいなんということをしているのだろう。

アメリカは核兵器を使用しなかったとはいえ、ナパーム弾、パイナップル爆弾、ボール爆弾、細菌・農薬・ガス弾など、ありとあらゆる大量殺りく兵器でもって幾百万の罪のないベトナム人を殺傷してきた。たとえ一人の人間の死であっても、肉親たちに深い心のキズをおわせることであるのに。ベトナム人の胸にきざみこまれたそれらのキズ跡。また、生活も、国土も、いたるところ破壊されつくされていることの傷手。それは、わたしたちが痛いほど共感しうるところだ。

ベトナムでみな殺し戦争がひろがってきたそのころ、テレビにこんな画面がうつしだされたことがある。大型タンカーの故障で流れだした重油のため、動けなくなった海鳥を、アメリカの船員たちが救いだし、洗ってやり、すっかり介抱《かいほう》して、ふたたび飛びたたせてやったという「美談」だ。幾百羽かの海鳥の悲惨さに、敏感な反応をしめすアメリカ人が、一方では、ベトナム人民にたいする残虐行為をつづけたということは、戦争のもつ魔性、非人間性を如実にしめしている。あたりまえの良心的な市民であっても、いざ帝国主義の侵略のための戦争にかりだされると、いきおい非人間になってしまう。これはベトナムにおけるアメリカ兵の七割もが、麻薬にたよらざるをえないといわれていることをみてもわかる。

さらに、わたしの記憶にのこっているもうひとつのアメリカ。一九七一年二月、アポロ14号が月着陸に成功した。核兵器の開発と、宇宙開発とへの莫大な国家資金の投入が、アメリカの独占資本をささえているといわれるが、一般のアメリカ人は、このアポロの月着陸を、どうみていたであろうか。「毎日新聞」（二月九日付）は「『アポロに冷たい米国民』――月のことなどどうでもよい――〝ラオス〟〝失業〟どうしてくれる」の見出しでこう報道している。

「……アポロ14号の月着陸と月面活動を米国のテレビは五日未明から昼過ぎまでぶっ通しで流し続け、新聞は大見出しで詳細な報道に紙面をさいた。しかし、テレビの前にクギづけになった視聴者はほとんどいなかったし、新聞をむさぼり読む姿も見かけなかった。……

〝月よりも地上のことを〟という感情は、一年半前のアポロ11号のときよりもっと広く米国民の間にしみわたっている。いま彼らの関心は物価高と失業の増大だ。……

　夕刊紙ニューヨーク・ポストは〝月とラオス〟と題した社説で、アポロ14号の成功と無事帰還を祈りながら〝われわれは生の秘密への手がかりを求めて月へ送られた飛行士と、死と破壊のためにラオスに送られている飛行士との使命を比較しないわけにいかない〟と書いた。米国人のアポロへの〝冷淡な関心〟はこのへんに根ざしているようだ。」

　この一般のアメリカ人の受けとり方を、わたしは重要な現象だと考えた。

「赤旗」のインタビューで古在由重さんが、アポロの月着陸を高く評価しながら、一方ではベトナムで敗北しているアメリカを「……このような成功と失敗。たしかに月着陸については、きわめて大量の科学者、技術者たちの動員、莫大な財政支出、長期にわたる準備計画があり、これによってこんどの結果がもたらされました。しかしいまのベトナム侵略戦争についてはどうでしょうか。この同じような物量主義――巨大な数の兵力とあらゆる残虐兵器との長期にわたる使用にもかかわらず、この小民族ともいうべきベトナム民族の抵抗をうちやぶることは全然できなかったのです。このような武器の質や量、兵器の動員数、その他の努力が、なぜこのアジアの小民族――ベトナム民族を敗北させることができなかったのか？　これもまったく画期的な歴史的事件にほかなりません。ベトナム人民の強さ、その不可侵の自衛権をまもりぬく強さ。ある意味では、これは月着陸にもまさるような驚くべきことです……」と対照的な事実としてとりあげていた。そして、ベトナム人民の強さは、いったいどこからきているのかを、わたしたちは学ぶ必要があることを強調しておられる。

　ベトナムの悲惨について、わたしは被爆者として共感しうると述べたけれども、あれほど残虐無比の状態におかれていながら、ベトナム人民は、なぜ常に明るいかということが、わたしにはまったく不思議であった。しかしこのことも、いまのわたしには、少しずつではあるが、わかってきたように思う。はげしい戦争のさなかでさえも、ベトナム人民は、自分たちの国の歴史と伝統を守り、さらに発展させるため努力していること。そしてそのためには、科学、文化、教育に力をそそぎ、民主主義と民族の自決を、なにものにもかえがたい生命としていること。いいかえるならば「生きる希望」をいだいているからにちがいない。

　わたしは、うしろ手にしばられて殺され、メコン川に流されたわけではないが、十六歳で人生の幸福を閉ざされ、青春をアメリカに「虐殺」された。しかし、ベトナムの人びとがみずからの家を、村を、祖国を守るためにたちあがったように、わたしも、原水爆禁止運動にささえられつつ、侵略戦争と核兵器を告発する「生き証人」として歩きつづけていこう。そのことだけがわたしの生きる道だし、またこれだけが生きがいであるから。

被爆後二十八年

被爆後すでに二十八年になる。長崎で第二回原水爆禁止世界大会がひらかれてから十七年ぶりに、第十九回世界大会が、ふたたびわたしたちの長崎でひらかれることになった。わたしは、これをうれしく思い、「原水協通信」編集部の質問にこたえて、自分たちの運動の前進と、大会にたいする期待とを述べた（一九七三年六月一日号）。

「――ベトナム、インドシナへのアメリカの侵略戦争は、ついに大きな挫折、敗北となっています。この侵略戦争の中で、すべての残虐兵器を使用しつつもアメリカは核兵器の使用はできませんでした。この力は何だったのでしょうか。

何といっても、アメリカがベトナムにおいて核兵器を落としえなかった大きな力というのは原水爆禁止運動の力だと思います。

とにかく、原水爆禁止世界大会も今年で十九回をむかえるわけですが、その運動の中で被爆者は核兵器の非人道性を訴えつづけてきました。その訴えが平和を守る人たちの手によって世界の人びとに伝えられ、世論となっていったその力がアメリカに核兵器を落とさせなかったのだと思います。私たちの運動は決っして無駄ではなかったのだし、確信をもって、この運動をつづけていけば私たちの要求は達成できるのだという自信がついたと思うことができるのです。

——長崎でひらかれる第十九回世界大会への期待を率直におきかせください。

日本における、原水爆禁止運動をめぐる条件もかわってきつつあります。非核三原則の立法化、被爆者援護法を制定させる運動、日本にある米軍の基地を撤去させるたたかい、そういう問題を実現させるみちすじが、国会での革新勢力の前進ということもあって、みとおしのもてる条件が生まれていると思います。

長崎で開かれる原水爆禁止世界大会が、こういう問題の実現のために、国民の力を結集する場として行動をつよめていけば、統一の問題も前進していくと思います。

第二回世界大会のときもそうですが、今度も世界大会のとりくみのなかで、わたしたち自身、被爆者自身がはげまされ、勇気づけられる面がでてくると思います。私たちの青年乙女の会も、かつての若さでとりくみたいと思います。」

十七年というと、当時生まれたばかりの子どもでも、思春期に達していることになる。これは原水爆禁止運動の中で育ってきた青年が現われてきていることを意味し、その数はますます増え、新しい運動のにない手になっていくだろう。まったくたのもしいかぎりである。と、同時にそのことによって、またひとつの深刻で困難な問題が提起されてきている。被爆二世、三世の問題がそれである。

一九七三年五月のことだった。被爆二世をあつかう新しい劇映画を製作するため、現地視察と調査のため、女優の磯村みどりさんら五人が来崎した。そのおり〝被爆者の店〟の地下で、スタッフと、被爆者、被爆二世との懇談会がひらかれ、わたしも原爆青年乙女の会の皆さんと一緒に出席した。被爆二世や、その家族の発言を聞きながら、かつてわたしたち仲間が二十年まえにとおってきた、結婚や出産や就職や、そういう人間の避けてはとおることのできない問題に、いまや被爆二世はいやおうなく直面させられていることを知らされた。わたしたちが被爆者として団結し、原水爆禁止運動にとりくむ世界の平和勢力と団結して歩きぬいてきた道いがいに、被爆二世も歩くことはできないだろう。しかし、それにしても心の痛むことにかわりはない。被爆二世の、憂慮や不安はほんとうによく理解できる。でも絶望しないでほしい。――わたしは、懇談会では、ずっと黙ったまま帰宅し、その夜はほとんど眠れなかった。

一九五一年に、長田新さん（故人）の編集によって、原爆の子どもたちの作文集『原爆の子――広島の少年少女のうったえ』（岩波書店）が発表され、国民に大きな感動をあたえた。「〝世界の始めか世界の終りか〟といわれた、あの人類の歴史上における最も悲劇的な瞬間」という言葉で始まる長田さんの序文は、「……傷痕は単に外傷だけではなかった。それは肉体の奥深く食いこんでいた」と原爆症の恐ろしさを伝えているが、その子どもたちの苦しみが、いまや被爆二世、そして三世にまでひきつがれてきた。

一九七二年に出版された『被爆二世』（時事通信社）の中でも「被爆二十七年、被爆者が老齢化してゆく現在、被爆二世の誕生は、いまや被爆三世に移りつつある。しかし、被爆者手帳を持たない被爆二世を確かめる手だてはない。かつては、被爆者と非被爆者の確認が常識だった広島の医師たちは、出産という大事を前に精神的に不安定な母親に〝被爆者の子どもかどうか〟を確認することは、もはや人道上の問題だとして放棄している。

（中略）

が、しかし、本年〔昭和四十七年〕四月十七日、広島市内の被爆二世の女子高校生が死亡した。原爆症の代名詞になっている白血病だった」として、わずか二年たらずのあいだに、広島市周辺において白血病でなくなった被爆二世は、わかっているだけで十二人にもなっていることを伝えている。原爆の恐怖は、こうして若い世代へとうけつがれていくのである。

では、どうしたらよいのか。わたしも、わたしのまわりの被爆者も、二世たちも、この問題についての指針を切実にもとめはじめていたとき、一九七二年六月に、日本原水協の「被爆二世問題活動者会議」が広島でひらかれた。そして、この会議に参加した人びとの「決意」という文書が、わたしの手もとにもとどけられたのである。大急ぎで一読し、わたしには胸におちるものがあった。

「――被爆二世に遺伝的影響があることは否定できない。したがって、それによる障害の多少にかかわらず、被爆二世にたいしては、国の責任による万全の健康管理がおこなわれなければならない。

一方、遺伝的障害にたいする不安が、非科学的に誇張され、それによって被爆二世の社会生活にまで支障をきたしていることも、重大な問題である。

われわれは被爆による遺伝的障害について、科学的根拠にもとづく実相をあきらかにし、それを全国民に知らせ、いらざる不安と誤解をなくしていくことが、緊急に必要だと考える。最近、発表された国立遺伝研究所、田島弥太郎博士の推定によれば、これまで漠然と考えられ、不安のもとになってきたほど被爆による遺伝的障害の頻度は大きくない。この程度の頻度であれば、被爆二世の健康は、十分な管理が配慮されることによって、普通人の水準におくことができるであろう。しかし、田島報告は、マウスを使った実験にもとづく推定であり、ぜひとも、直接、被爆二世についての調査が必要である。このような調査は、広範で綿密な、しかも長期にわたるものでなければならず、そのためにも、被爆二世の立場に立った健康管理、あるいは医療を実現させることが不可欠の前提である。

――原水爆禁止運動は〝被爆者とともに〟前進することをもっとも重視してきたし、また被爆者は、原水爆禁止運動のなかで大きな役割をはたしてきた。しかし、被爆後二十数年をへて、被爆者の老齢化がすすむ一方、被爆二世が多数成長し、被爆者運動の先頭にたつ時代をむかえているが、これらの青年と原水爆禁止運動全体との結びつきは、まだかならずしも十分ではない。

被爆一世と二世は、被爆者としての共通の立場にあるが、原水爆禁止運動のなかでの役割には、おのずから区別もある。被爆一世のばあいには、その〝体験〟が運動参加の土台になっているが、被爆二世について、その〝運命〟の特殊性だけを強調することは正しくない。

われわれは、とくに被爆二世のばあい、自分たちのおかれている立場を、たんに個々人の経験にとどめることなく、これを一般化し、被爆者でない若いなかまとともに運動をすすめていかなければならないと考える。今後、被爆二世、三世は人口としても膨大な量にふくれていくわけであり、被爆者の問題を全国民のものとしていくうえで、決定的な役割をはたすべき位置にある。

同時に、被爆二世が被爆者であるという立場を無視してはならないことは当然である。とくに、同世代の青年と被爆二世の団結のなかで、さらに青年運動全体のなかで、原爆被害の特殊性についての理解を正しく深め、力をあわせて核兵器完全禁止、当面使用禁止協定締結を要求する運動の前進に寄与しなければならない。

――被爆二世と原水爆禁止運動全体との結びつきを深め、さらに、被爆二世にたいしても現行の被爆者医療法・特別措置法を適用させ、被爆二世をふくむ援護法を獲得していくために、各地域における被爆二世の組織化が必要である。」

わたしは、一九五七年の年末もおしせまったころ、映画「世界は恐怖する」（亀井文夫監督）をみた。そして、つぎのような感想を書きとどめている。

「へとへとに疲れました。始めのうちはこわくてどうしてもスクリーンをみていることができませんでした。しかしすばらしかった。本当にみてよかったと思います。

貧しい給料をさいてまでも、あれほど苦心しながら原爆症について、毎日研究をつづけておられる学者の方がたが、あんなに大勢いるなんて、とてもうれしくて……。広島では上映に反対した人もあるそうですし、長崎でも〝被爆者にはみせない方がいい、被爆者以外の人たちだけでみるべきだ〟といっている人があるといいます。しかし、わたしは一人でも多くの人がみるべき映画だと思います。わたしたち被爆者も放射能についてもっと勉強しなくてはならないと思います。

……また、わたしたち被爆者も、もっと科学的なデータをたくさんそろえなければ、本当に世界の人たちに原水爆禁止を訴えることはできないでしょう。とにかくわたしたちが口先だけでいくら叫んでみても、とてもおよびもつかないほどの迫力を持った映画です。原爆の恐ろしさを身をもって体験した人も、何も知らない人も、みんなにみてもらいたいと思います。」

被爆者から二世へ、そして三世へとつづく苦しみも、わたしがそうせざるをえなかったように、原水爆禁止の運動をとおして、ともに生きることにより、のりこえていかなければならないと思う。

おわりに

わたしがひとりの原爆被爆者として、はじめて原水爆禁止世界大会に参加したのは、この本にも書いたように、一九五五年の広島にひきつづき、五六年に長崎でそれがひらかれたときのことでした。あの第二回世界大会を機会に、被爆後まったく孤独だったわたしのまわりも、急ににぎやかになりました。そして、ちょうど暗やみに夜明けの光がさしこんできたように、わたしの生活をあつく閉ざしていた憂悶や、あせりや、無力感がしりぞき、平和のたたかいへの自分の役割の自覚や、多くの友情と連帯感がめばえてきました。わたしは、いかにもおずおずと、まわりの親身な人びとにはげまされながら、光のさす方向へはいずりでたという気がいたします。わたしの真の青春は、原水爆禁止・平和運動とひとつにはじまり、わたしの人生もそのなかで変わってきたと思います。

いま、第十九回原水爆禁止世界大会を、ふたたび長崎にむかえようとしています。そこで、第二回世界大会から十七年間の長かった歳月を中心に、わたしが考えたこと、行動したこと、書きつづったことを、ささやかな本にまとめてみることにしました。これはまったく、田沼肇先生の懇切なおすすめと、年月をかけて原稿の整理に骨折ってくださった梅津勝恵さんのおかげです。寝たきりのわたしの足になり、手になり、あるいは知恵となってくださったお二人にたいし、わたしは感謝の言葉を知りません。お二人の力添えがなければ、この一冊の本が世の中にでるということはけっしてなかったでしょう。また、新日本出版社編集部の西沢俊さんにも、協力いただいたことを感謝します。

わたしは、この本をまとめはじめてからも、しじゅう思案してはひっこみ、ひっこんでは思案してきました。先日も、そのためらいの気持ちを、あるお年寄りの被爆者にもらしたところ、こんなふうにいわれました。

「わりあい軽い傷で原爆をくぐりぬけたわたしなど、考えてみると、原爆の記憶より、それにつづいた戦後の食糧難や、生活難とたたかってきたことのほうをよけいに思い出す。自分は被爆者であって、健康や遺伝での大きな不安を身体のなかにかかえていると気にするようになったのは、正直いって、ごく最近、被爆者特別措置法で健康管理手当をもらうようになってからのことだ。わたしたち軽症の者にとっては、原爆の記憶といっても、もうそれほどにうすくなってしまっている。人間には、日常のこまごました生活ほど強い力をもっているものはないようだし、いまさら被爆当時の悲惨な話をしても、ほかの人には真底わかってもらえるとも思えない。だから、そういう意味では、被爆者として一貫して考え、行動してきた——そうすることのできた——あなたは、まれな存在であり、しあわせとさえいってよいのではないだろうか。」

わたしも、けっしていま自分を不幸だとは思っていません。しかし、よく被爆者として一貫して考え、行動してきたといわれますが、寝たきりのわたしだって、いつも被爆者であるということを考えてばかりいるわけではないのです。たしかに、健康が弱っているときは、おたがいにそうなりがちですし、また、わたしは身体的な事情から「まれな存在」とみられてしまう面があるのもやむをえませんが、それでも、いつも被爆者であるということを考えてばかりいるわけではないからこそ、逆に、被爆者として行動し、考えることもできるのだ、と申しあげなければなりません。

わたしには、わたしが生きる支えになってきてくれた肉親があり、ともに励まし合ってきた被爆者のなかまがあり、わたしをあたたかくつつんで献身的にたたかっているたくさんの平和の友があります。これらの人びとと心をかよわせ、手をつないで、現在と未来の課題にとりくみ、前進するところに、わたしのしあわせがあると思っています。そのことの真実性は、わたしの三十年にちかい寝たきり人生のなかで、客観的にもたしかめられてきました。日常のこまごました生活や、社会なり政治なりの大きな動きとべつのところに、わたしたち被爆者の問題があるわけではありません。

この本では、私的にわたりすぎると反省しながら、けっきょく自分の母のことにかなりの紙数をあててしまいました。くりかえしになりますが、わたしの母は、わたしのほかに長男を被爆死させ、自分もまたあの原爆の廃墟のなかで息子の遺体をさがし歩いたため、二次放射能による被爆者となったにもかかわらず、わたしを死からとりもどしてくれたのです。そして今日まで、自分の半生をささげ、わたしとともに生きてくれた母をおもいますと、母なしのわたしは考えられず、母とともに生きた記録として、この本を残しておきたいという衝動がとどめられなかったことを、おゆるしください。田沼先生も、「あなたがこの本をまとめる目的の半分は、これから原水爆禁止運動をになっていく若い人びとに読んでもらうためであり、あとの半分は、あなただけでなく平和を願っているみんなにとってのお母さんのためだ」といわれていたし、その言葉にあまえることにしました。

わたしは、このささやかな本を、長崎と広島で原爆の犠牲になったたくさんの人びとにささげます。あれからの四半世紀以上を、どう生きてきたか、これからどう生きようとしているかの報告として……。

考えようによっては、一撃で蒸発してしまった方がたは、まだましであったのかも知れない、という仲間もいます。生きのびた被爆者は、さまざまな辛酸と苦痛をなめさせられました。ある人は、さっき紹介したお年寄りのように、激動する社会の荒波にもまれて、忘れがたい被爆体験も錆びつかせ、流されるままに生き、老いようとしています。そしてときおりつぶやくのです。被爆者の立場は、ほかの人には真底わかってもらえはしない、と。

でも、身体の自由すらうばわれたわたしが、もしそう思いきめたら、ほかにどんな生き方があるというのでしょう。これは、障害の程度の差はあっても、本質的にはすべての被爆者に共通の問題です。あのときの真底の悲惨さ、みじめさ、子や孫の代までもつづく不安、これからもあるいは世界の人びとのうえにあらたに起こるかもしれない核兵器の兇悪な被害を、わたしたちのところでいっさい終わらせる役割は、まず第一に、ほかならぬわたしたち被爆者のものです。被爆体験を錆びつかせ、核兵器について口をとざすということは、「だから原爆といっても、たいしたことじゃないんだ」といいたい人たちの味方に、消極的にでもなることではありませんか。こういう義務感から、わたしは自分にムチうって、この本をまとめてみたつもりです。

一九七三年七月九日

長崎

渡辺　千恵子

〈再刊に寄せて〉

生きて、生きて、生き抜いた千恵子さん

安田和也
都立第五福竜丸展示館主任学芸員
元日本原水協事務局次長

「世界の皆さま、原水爆をどうかみんなの力でやめさせてください。そしてわたしたちがほんとうに心から、生きていてよかったという日が一日もはやく実現できますよう、お願いいたします」――一六歳で被爆し、脊椎をくだかれ下半身不随となった千恵子さんは、一九五六年八月に長崎で開かれた第二回原水爆禁止世界大会で、母スガさんに抱きかかえられて登壇しました。その姿と訴えは、参加者に大きな衝撃と感動を与え、いまも語り継がれています。

この世界大会の中で、被爆者の全国組織・日本原水爆被害者団体協議会（日本被団協）が結成され、被爆者への救済と再び被爆者を生み出さないことを国に求める「国家補償の援護法」制定、核兵器廃絶の運動へと発展していきます。

こんにち、全国の被爆者は約一九万人（二〇一四年三月末の国の集計）、最も多かった一九八二年の三七万人余の半数となりました。戦後七〇年、被爆者の高齢化がすすみ、毎年多くの方

が亡くなり、その体験を直接聞くことは年々むつかしくなっています。

しかし、被爆者はいまも、「核兵器廃絶」と「援護法」実現への運動を続けています。国際的にひろがる核をめぐる状況からも目が離せません。被爆体験を語り継ごうとのとりくみも生まれています。いま私たちには、こうした運動を、平和を願う人々にどう伝え、次の世代につなげていくのかが問われていると思います。

そんな折に『長崎に生きる』が新装版で再刊されることは、たいへん意義深いことです。

本書は、日本の原水爆禁止運動で大きな役割を果たした被爆者・渡辺千恵子さん（九三年逝去）が、その半生を綴ったものです。自身の生い立ちや被爆体験とともに、ビキニ水爆実験（五四年）による第五福竜丸などの被ばくをきっかけに、核兵器廃絶を求める運動が全国で高まっていく様子がいきいきと書かれています。「原水爆禁止運動で私は変わった。運動がなければ生きていなかった」と、いつも語っていた千恵子さん。どの章からも、原爆は人間に何をもたらしたのか、被爆者はどのように原爆に立ち向かったのか、という運動の〝原点〟が呼びおこされ、一九七三年の刊行から四二年を経たいまも、読む者に大きな感動と勇気を与えます。

さて、本書が書かれた一九七三年以後の千恵子さんの歩みと、その果たした役割についてもふれなければなりません。

被爆から三十数年が過ぎたころ、自身も被爆し病をかかえながら娘の世話に追われてきた母スガさんは八〇歳を迎えようとしていました。年老いたその姿は、千恵子さんに自立に向けた新たな決意を迫ります。七六年春、千恵子さんは医師などの援助も受け、車いすで一人で動き回れるようになるために、両足とゆがんだ脊椎の大手術をほどこします。それでも、車いすにうまく乗れるようになるのは大変で、転んで二度も骨折しながら、つらい訓練を乗り越えました。

一方で、新しい家の設計を日比野正己氏（長崎総合科学大学助教授＝当時、現・長崎純心大学教授）に依頼しました。七八年一月には車いすのための「千恵子の家」が長崎市郊外の長与町に完成し、トイレや入浴、炊事といった自分の身の回りのことができるようになるとともに、母の入浴なども手伝えるようになりました。千恵子さんは後に、この頃の母とのくらしを「楽しく、なつかしいひととき」（『長崎を忘れない』草土文化）と回想しています。翌七九年六月、「千恵子のことはもう安心」との言葉を残し、スガさんは八二歳でこの世を去りました。

車いすでの自立は、千恵子さんの行動範囲を格段に広げました。そのことは巻末の年譜にも詳しいのですが、おもな活動を紹介しましょう。

最初の機会はすぐにやってきました。七八年五月の国連軍縮特別総会（国連初の軍縮をテーマにした総会。核兵器問題を最重要課題と位置づけた）に向けて開かれたNGOレベルの国際会議で、被爆者代表として発言するという大役を担います。初めての海外旅行、スイスのジュネーブでの開催でした。千恵子さんの、「被爆の実相が本当に知られているなら、明日にでも核兵器は廃絶されるはず」との訴えは、討論を核兵器廃絶へと導く大きな力になったといいます。

八二年には、ニューヨークで開かれた第二回国連軍縮特別総会を、日本代表団の一員として傍聴。セントラルパークでの反核一〇〇万人行進にも参加し、各地の集会で被爆体験を語りました。

八三年には、ヨーロッパ核軍縮運動（ＥＮＤ）第二回大会に出席するためベルリンへ。続けてユーゴスラビア、ギリシャを訪ね、平和行進（一〇万人）に参加しています。ギリシャでは、「オリンピックの聖火を長崎へ」との要請もおこないました。古代ギリシャでは、聖火がともされている間はどんな戦闘も停止されたといわれており、聖火は「平和の象徴」とされているのです。願いが実り、この年の八月に「火」が長崎に届けられます。四年後の八七年には、火をともす灯火台が市民の募金運動により爆心地公園に完成し、「長崎を最後の被爆地とする誓いの火」として、いまも毎月九日と八月六日・九日にともされています。

車いすでの活動は、千恵子さんに「障害者」としての自覚をもうながし、障害者団体の集まりにも積極的に参加して訴えるようになりました。一九八〇年の沖縄旅行では、沖縄戦の体験者と語り合い、八二年の北海道旅行では、開拓の歴史や虐げられた先住民族の歴史にふれ、自身の平和活動を深めていきました。

千恵子さんの活動は日本各地から世界へと大きく羽ばたき、多くの人々に願いを届けていきました。そんな千恵子さんの半生を、長崎のうたごえ協議会は「平和の旅へ」と題する合唱組曲にして発表しています（八五年）。その演奏は、初演以来大きな反響を呼び、いまでは千恵子さんに代わる〝長崎の語り部〟として、修学旅行に訪れた子どもたちの前での演奏をはじめ、各地のさまざまなイベントでも上演され、二〇一三年にはニュージーランドでの公演もおこなわれています。

千恵子さんにとり、「平和の旅」のための体調管理や通院は欠かせませんでした。しかし一九八五年、「再生不良性貧血」（骨髄での造血が障害され赤血球、白血球、血小板などが減少する）にみまわれます。原爆は四〇年経ってもなお、被爆した身体に襲いかかるのでした。三ヵ月の入院の後にも、三ヵ月おきに入退院をくり返す生活を余儀なくされますが、希望を失わず、たたかい続けた千恵子さんでした。

九二年の暮れ、千恵子さんは原爆症の認定を求めてたたかう松谷英子さんの裁判（長崎原爆松谷訴訟）の証人として、入院中の病室で証言します。松谷さんは爆心地から二・四五キロで被爆（千恵子さんよりも近い）。爆風で飛んできた瓦で頭部に外傷を負い、脳を損傷。脱毛や傷の治癒には時間がかかり、右半身は不自由になりましたが、国は放射線の影響を認めず「原爆症認定」を二度も却下していました。千恵子さんは、裁判の傍聴や集会、街頭での署名活動にも参加し、熱心に支援をおこなっていました。証言にあたっては主治医から、「短時間で、具合が悪くなったら中止するように」と言い渡されるような状態で、被爆から四七年経っても六ヵ所の傷がジクジクと膿んでいること、かさぶたができてもそれが破れてまた膿が出るくり返

亡き千恵子さんの核兵器廃絶への願いをこめて歌う合唱組曲「平和の旅へ」＝1994年（撮影：黒崎晴生）

しであること、原爆による苦しみは決して終わっていないことを、片時も離せないガーゼを取り出しながら語ったといいます。人には見せたことのない下半身の傷をさらけだし、予定時間もこえて、松谷さんが認定されない理不尽さを証言しました。

　それから三ヵ月後の翌九三年三月一三日、千恵子さんは、心不全のため亡くなりました。六四歳、まだ早すぎる死でしたが、原爆により痛めつけられてきた身体で、生きて、生きて、生き抜いた生涯でした。

　この年の五月、松谷さんは長崎地裁で勝訴します。国はこの判決を受け入れず、最高裁まで持ち込みましたが訴えは退けられ、二〇〇〇年七月、松谷さんは完全に勝利しました。爆心から二キロ以遠での放射線障害を最高裁判所が認めた事実は、国の施策をゆるがす大きな意義をもちました。この裁判はその後、「原爆症認定を求める集団訴訟」へと発展し、被爆者側が連続勝訴をかちとるという大きな成果につながりました。その陰に、千恵子さんの命を削るような証言があったことを、忘れることはできません。

　一九九五年、日本原水協は被爆五〇周年にあたり、ビデオ「見上げれば、ひまわり——千恵子さんとともに」を製作しました。その最後の場面は、一九八七年世界大会・閉会総会の屋外会場で、一万人余の参加者に訴える千恵子さんの姿です。車いすを押して付き添った私（世界大会運営委員＝当時）にも、会場の高揚した雰囲気が伝わりました。訴えの内容は、千恵子さんと田沼肇先生（日本原水協代表理事・法政大学教授＝当時、二〇〇〇年逝去）と私とで議論を重ね、千恵子さんが書き上げたものでした。この大会では、地球をリレーでつないで一回りする「平和の波」行動が提起され、この年の暮れには、米ソによる中距離核ミサイル全廃条約が調印されました。千恵子さんは少し甲高い声で、一言一言をかみ締めるように語っています――「被爆者が生きていてよかったといえる日から、生きていて素晴らしかったといえる日が近づいているように思います」。

被爆者はいまも、その身を削りながら「核使用の非人道性」を訴え続けています。核兵器禁止条約を求める原水爆禁止運動や市民のとりくみ、非核保有国の積極的な動きも、重要な影響をつくりだしています。このたたかいに、次々と新たなエネルギーが芽吹き、育ち、広がっていくこと、そして「核兵器のない世界」を一日も早く実現させることが、本書にこめられた千恵子さんの願いです。

二〇一五年一月二六日

■年譜■　渡辺千恵子の生涯

西暦	被爆経年	千恵子に関する主な出来事（★は社会の動き）
一九二八		▽九月五日、長崎市銅座町で履物問屋を営む父・健次、母・スガの五女として生まれる。兄が二人、姉が四人（三番目の姉は二歳で病死）、弟が一人の八人兄弟。
一九三四		▽長崎市立幼稚園に入園。
一九三五		▽長崎市立佐古小学校に入学。
一九三九		★第二次世界大戦開始。
一九四〇		▽父・健次逝去。
一九四一		▽私立鶴鳴女学校へ進学。 ★太平洋戦争開戦。
一九四二		▽この頃から学徒動員が始まる（農村での労働、缶詰工場、三菱兵器製作所、三菱電機製作所などへ）。 ★米国のマンハッタン計画発足。
一九四三		▽次兄が兵役で満州へ。
一九四五	0年	▽一月、長兄が五年の兵役を終えて満州から帰り、三菱製鋼所に勤務。 ★八月六日、広島に原爆投下。 ★八月九日、長崎に原爆投下。 ▽八月九日、学徒動員先の三菱電機製作所（平戸小屋町・現丸尾町）で被爆。鉄骨の下敷きとなり脊椎を骨折。生死の間をさまようが母の献身的な看病で一命をとりとめる。しかし下半身不随で自宅の布団に臥せる生活、ときに自暴自棄となり自殺さえ考えた暗い一〇年間を過ごす。 ★八月一五日、日本は無条件降伏（終戦）。 ★九月六日、米原爆調査団長ファーレル准将が「放射能で苦しんでいる者は皆無だ」と言明。 ★九月一九日、GHQがプレスコード指令（原爆報道などを規制）。
一九四八	3年	▽一〇月、母が三菱製鋼所の焼け跡で、トタン板の下から長兄の遺体を発見。 ★米、広島と長崎に原爆傷害調査委員会（ABCC）開設。

一九四九	4年	★八月、ソ連が初の原爆実験。
一九五〇	5年	★六月、朝鮮戦争勃発（一九五三年七月、北緯三八度線を境に休戦）。
一九五一	6年	★九月、サンフランシスコ講和条約・日米安保条約締結。
一九五二	7年	★一〇月、イギリスが初の原爆実験。 ★一一月、アメリカが初の水爆実験。
一九五三	8年	★八月、ソ連が初の水爆実験。
一九五四	9年	▽原爆障害者の治療費国庫負担決定にともない長崎市が要治療者の実態調査を進める中で、八月四日付「毎日新聞」が「寝たままの原爆乙女」の見出しで千恵子の紹介記事を掲載。その後、さまざまな人の訪問を受け、多くの人と知り合っていくことになる。 ★三月、米国のビキニ水爆実験で第五福竜丸をはじめ延べ一〇〇〇隻もの日本船が被災。「原水爆禁止」の声が湧きおこり、広島・長崎の原爆被害、被爆者の実情も広く伝えられる。
一九五五	10年	▽六月五日、第一回長崎県母親大会に参加した居原貴久江、鶴見和子らが千恵子宅を訪れ、「原爆の被害を語り知らせよう」と激励。千恵子の心に明るい光がさしこむ。 ▽四人の若い被爆女性が訪れ友人となる。その五人で、長崎で初めての被爆者団体「長崎原爆乙女の会」を結成。七月二〇日に機関紙「原爆だより」を創刊。 ▽八月、第一回原水爆禁止世界大会（広島）に「乙女の会」から山口美佐子、辻幸江を送る。被爆者から「生きていてよかった」との声もきかれる。 ★九月、原水爆禁止日本協議会（日本原水協）結成。 ▽一〇月、山口仙二・谷口稜曄ら一四人が「長崎原爆青年会」結成。「乙女の会」とも手をたずさえ、生活相談や文化活動にとりくむことを決める。 ★一一〜一二月、原水爆禁止を求める運動が高まる中、東京でアメリカ大使館（米情報局）と読売新聞が共催で「原子力平和利用博覧会」を開催。翌年には全国二〇ヵ所（新聞社が共催）へ移動し観客総数二五〇万人を動員。被爆国・日本への原子力導入に向けた大キャンペーンが行われる。当時の読売新聞社主の正力松太郎は後に、「世論の一変を期した」と明かした。
一九五六	11年	▽一月、原爆でともに鉄骨の下敷きになった山下アヤ子さんと再会し喜び合う。 ▽五月三日、「長崎原爆青年会」と「乙女の会」が合流し、「長崎原爆青年乙女の会」結成。機関

紙を「ながさき」に改題。

★六月二三日、長崎原爆被災者協議会結成。

▽八月九日、第二回原水爆禁止世界大会（長崎）で、母に抱きかかえられて壇上から発言。被爆者の現状と「原水爆禁止」の願いを涙ながらに訴え、大きな感動を与えた。この大会で千恵子は、沖縄から参加した瀬長亀次郎が、米国の原水爆政策に抗する決意を述べた発言に感動。沖縄の心と被爆者の心のふれあいを実感する。

★世界大会二日目（一〇日）、日本原水爆被害者団体協議会（日本被団協）結成。

一九五七　12年
★四月、原爆医療法施行。

一九五八　13年
▽八月、第四回世界大会（東京）に参加し発言。
★五月、長崎原爆病院完成、診療開始。

一九五九　14年
▽一月、油屋町から音無町へ引っ越し、次兄家族と別れて母との二人暮らしになる。翌日から身体の不調で入院。以後五年ほど入退院をくり返す。
▽「低血素性貧血、下半身不随症」により「原爆症」に認定される。
★一月一四日、国産第一号原子炉起工。

一九六〇　15年
★六月、日米安保条約改定。

一九六三　18年
★米英ソが部分的核実験禁止条約調印。運動内部の対立が深まり原水爆禁止世界大会が分裂。

一九六四　19年
▽八月、第一〇回世界大会（京都）に参加し発言。日本原水協の立場を断固として堅持した千恵子は、運動の分裂に「憤りと悲しみ」を表明し、原水爆禁止運動へのより一層広い人びととの結集をよびかけ、参加者を励ました。

一九六五　20年
★二月、米国がトンキン湾事件を口実に北ベトナムへの爆撃を開始。
▽八月、第一一回世界大会・国際会議（東京）で特別報告を行い、米国によるベトナム攻撃とそれに手をかす日本政府をきびしく批判。人民の力は必ず核戦争をくい止めると訴えた。

一九六六　21年
▽第一二回世界大会は長崎大会にだけ参加。ソ連や世界評議会につづき中国など海外代表の大会不参加が広がり悲しい思いをする。

一九六七　22年
（第一三〜一五回世界大会は、毎回長崎大会に参加し訴えつづける）

一九六八　23年
★一月一九日、原子力空母エンタープライズ佐世保入港。

一九七〇	25年	▽八月、第一六回世界大会・国際予備会議（東京）に参加し発言。 ★九月、被爆者特別措置法施行。
一九七一	26年	▽米国の施政下にあった沖縄が本土復帰。
一九七三	28年	▽七月、千恵子最初の著書『長崎に生きる』（新日本新書）刊行。 ▽八月、第一九回原水爆禁止世界大会（一七年ぶりの長崎本大会）に参加。 ★日本被団協が一一月大行動で厚生省前テントに五日間の座り込み。
一九七四	29年	★六月、被爆者手帳所持者全員への医療保険等の自己負担分を国費で支給開始。 ★自治体での被爆者援護条例が前進。
一九七五	30年	▽一二月、日比野正己（長崎総合科学大学助教授＝当時）に自立に向けた新しい家の設計を依頼。
一九七六	31年	▽春、両足のアキレス腱を切り、ゆがんだ脊椎を削って平らにする大手術を行う。
一九七七	32年	▽三月、日比野らとともに初めて車いすで外出し、平和公園で練習。二週間後、京都から訪れた障害者団体「むすびの会」の一行と長崎市内を観光。 ▽四月、熊本の「車いすの家」を見学。トイレなどをためして車いすでの生活を初めてイメージ。 ▽八月九日、長崎市平和祈念式典で車いすにのり被爆者代表として「平和への誓い」を読む。 ★七～八月、NGO主催「被爆の実相とその後遺・被爆者の実情に関する国際シンポジウム」開催。 ★八月、一四年ぶりに原水爆禁止世界大会の統一大会（広島）開催。
一九七八	33年	▽一月、車いす生活のために設計された「千恵子の家」が長与町に完成。次兄夫婦と再同居。 ▽一一月、建築中の新しい家がNHK長崎「話題の窓」で取り上げられ、日比野とともに出演。 ▽二～三月、車いすで初めての海外へ。谷口稜曄らとともにスイスのジュネーブで開かれたNGO軍縮国際会議に参加し、被爆者代表として発言する大役を果たす。 ▽帰国後、本格的な車いすの練習を開始。つらい訓練をのりこえ自立への第一歩を踏み出す。 ★第一回国連軍縮特別総会（SSDI）。
一九七九	34年	★三月、米国のスリーマイル島原発事故。 ▽六月一九日、母・スガ逝去（享年八二歳）。
一九八〇	35年	▽七月、『長崎を忘れない』（草土文化）刊行。出版のきっかけとなった文通相手の高校生・鈴木千鶴さんと八月に対面。

一九八一	36年	▽八月、日比野正己夫妻と沖縄を旅行し八重山心身障害者育成会の集会に参加。初めて自分を「障害者」と語り、障害者運動と連帯することを表明。この後、浮き輪につかまり三五年ぶりの海水浴も楽しむ。 ★一二月、厚生省の基本懇（原爆被爆者対策基本問題懇談会）が、「戦争の犠牲は国民が等しく受忍しなければならない」として被爆者への国家補償を拒否する意見書を厚生大臣に提出。
一九八二	37年	▽一月、『季刊　科学と思想』（一九八一年一月第三九号、新日本出版社）にエッセイ「私の自立」を寄稿。被爆者であっても楽しみをみいだし、自立した豊かな人生をおくる希望、みんなの中で育ち誇りをもって運動を広げていこうとの思いを綴る。 ▽四月、ジャーナリストの橋本進らとともに六日間の北海道「反核・平和の旅」へ。 ▽六月、ニューヨークで開催された第二回国連軍縮特別総会や反核一〇〇万人デモに参加。つづけてロサンゼルス、パサディナ、ハワイ各地で集会に参加、講演も行う。 ★第二回国連軍縮特別総会（SSDⅡ）。
一九八三	38年	▽五月、西ベルリンで開かれた欧州核軍縮運動（END）第二回大会に出席。つづけてユーゴスラビア、ギリシャを訪ね、平和行進（約一〇万人）に参加。ギリシャでは「オリンピアの火を長崎へ」と要請する。 ★八月、ギリシャからオリンピアの火が核廃絶の「誓いの火」として長崎に贈られる。 ▽一一月、『長崎に燃えよ、オリンポスの火』（橋本進と共著、草土文化）刊行。
一九八五	40年	▽千恵子をテーマにした合唱組曲「平和の旅へ」が長崎うたごえ協議会によって完成。 ▽五月、再生不良性貧血との診断を受け、入院治療をくり返す。
一九八六	41年	★四月、ソ連のチェルノブイリ原発事故。 ★原水爆禁止世界大会が再度分裂。
一九八七	42年	▽八月、『長崎よ、誓いの火よ』（草の根出版会）刊行。前年のソ連・チェルノブイリ原発事故の被災者が味わった恐怖やその後の不安に思いを馳せつつ、日本と違い事故の補償を完全に国が負っていることにもふれ、「もし日本で同じような事故が起きたと仮定したら…」と書く。 ★八月、四年前にギリシャから贈られた「誓いの火」が爆心地に完成した灯火台に点火される。 ★一二月、米ソが中距離核戦力全廃条約に調印。

一九八八	43年	★五月、第三回国連軍縮特別総会（SSDⅢ）。
一九八九	44年	★九月、核の搭載が疑われた米艦船が長崎に寄港し、艦長が平和祈念像に献花。被爆者が抗議。 ▽一一月、日本のうたごえ祭典（京都）で合唱組曲「平和の旅へ」（抄）が京都市交響楽団をバックに一〇〇〇人の合唱で上演され、千恵子も参加。
一九九一	46年	▽八月九日、原水爆禁止世界大会で発言（生涯最後の訴え）。 ▽一一月、心不全および心筋梗塞と診断される。 ★一二月、ソ連崩壊。 （以上のほか、千恵子は全国各地へ「平和の旅」を重ね、また、長崎を訪れる修学旅行生などに被爆体験を語り、核兵器廃絶を訴え、人びとに感銘を与えた）
一九九二	47年	▽一月八日から七月二五日まで心不全で聖フランシスコ病院に入院。 ▽一二月一四日から聖フランシスコ病院に検査入院。 ▽一二月一八日、長崎原爆松谷訴訟の原告側証人として、原爆被害の実態とその後の被爆者の苦しみを入院先の病床から証言。
一九九三	48年	▽三月一三日、心不全のため入院先の聖フランシスコ病院で逝去。享年六四歳。 ▽三月二〇日、告別式。国内外から二〇〇をこす弔電が寄せられ数百人が参列。
一九九五	50年	★NPT再検討会議。条約の無期限延長と、五年ごとに再検討会議を行うことを決定。 ★七月、「原子爆弾被爆者に対する援護に関する法律」施行（国家補償は回避）。
二〇〇〇	55年	★七月、長崎原爆松谷訴訟が最高裁で勝訴。 ★五月、核拡散防止条約（NPT）再検討会議。核兵器廃絶への「核保有国の明確な約束」を明記した最終文書を採択。
二〇〇一	56年	★九月一一日、米国で同時多発テロ。
二〇〇三	58年	★四月、原爆症認定を求めて被爆者が集団提訴。
二〇〇五	60年	★五月、NPT再検討会議。米が二〇〇〇年合意の実行だけでなく「再確認」や「核兵器の不使用」に言及することも拒否し合意に至らず。一方で非同盟諸国やNATO諸国に核軍縮を求める声が

		広がる。
二〇〇八	63年	★国は、原爆症認定を求める被爆者集団訴訟での連続敗訴を受け、〇八、〇九年と認定基準を改定。
二〇一〇	65年	★五月、NPT再検討会議。核軍縮への「行動計画」履行や中東非核地帯化に関する国際会議開催の最終文書で合意。
二〇一一	66年	★三月一一日、東日本大震災・東京電力福島第一原発事故。 ▽九月二一日、合唱組曲「平和の旅へ」が二〇〇回目を上演（延べ一二万六〇〇〇人に届けられる）。
二〇一三	68年	★七月、山口仙二さん逝去。 ★一二月、国が原爆症認定の新基準を発表。被爆の実態を踏まえた認定を行ってきた司法判断を無視した内容の新基準に被爆者団体や医療団体などから抗議の声があがる。
二〇一五	70年	★四月、NPT再検討会議開催予定。

〈参考文献〉

一九九三年三月二〇日の渡辺千恵子告別式の資料
渡辺千恵子著『長崎に生きる』（新日本出版社、一九七三年）
渡辺千恵子作、東本つね画『長崎を忘れない』（草土文化、一九八〇年）
橋本進・渡辺千恵子著『長崎に燃えよ、オリンポスの火』（草土文化、一九八三年）
渡辺千恵子著『長崎よ、誓いの火よ――わたしの青春アルバム』（草の根出版会、一九八七年）
日比野正己著『「学生時代」熱中宣言』（講談社、一九八五年）
日比野正己著『シリーズ福祉に生きる　7　渡辺千恵子』（大空社、一九九八年）
『原子力開発十年史』（日本原子力産業会議、一九六五年）
長崎原爆松谷訴訟を支援する会編『長崎原爆松谷訴訟 資料集5 被爆者の証言』（一九九三年）
久知邦著『谷口稜曄聞き書き　原爆を背負って』（西日本新聞社、二〇一四年）

渡辺千恵子（わたなべ　ちえこ）
1928 年生まれ
1945 年　長崎で被爆し下半身不随となる。
1955 年　「長崎原爆乙女の会」の結成に参加、以後、被爆者運動、
　原水爆禁止運動にたずさわる。
1993 年 3 月 13 日　死去

新装版《しんそうばん》　長崎《ながさき》に生《い》きる――“原爆乙女《げんばくおとめ》”渡辺千恵子《わたなべちえこ》の歩《あゆ》み

1973 年 7 月 25 日　初刷発行
2015 年 3 月 1 日　新装版第 1 刷

著　者　渡　辺　千　恵　子
発行者　田　所　　　稔

郵便番号　151-0051　東京都渋谷区千駄ヶ谷 4-25-6
発行所　株式会社　新日本出版社
電話　03（3423）8402（営業）
03（3423）9323（編集）
info@shinnihon-net.co.jp
www.shinnihon-net.co.jp
振替番号　00130-0-13681

印刷　亨有堂印刷所　　製本　光陽メディア

落丁・乱丁がありましたらおとりかえいたします。

ISBN978-4-406-05885-8 C0036　Printed in Japan